TUPOKA OGETTE

Ein rassismuskritisches Alphabet

cbj

Vorwort: Hallo, schön, dass du da bist und dieses Buch in den Händen hältst. Bevor du startest, hier ein paar einleitende Worte von mir. Ich bin Tupoka Ogette. Seit 2012 arbeite ich als Vermittlerin und Beraterin rund um das Thema Rassismus. Das heißt, seit bald über zehn Jahren begleite ich Menschen überall in Deutschland, der Schweiz und Österreich dabei, rassismuskritisch denken und leben zu lernen. Also zu verstehen, was Rassismus ist, wie Rassismus unsere Welt prägt und was das für uns als einzelne Personen bedeutet. Ich habe bereits in den meisten Bereichen unserer Gesellschaft gearbeitet. Mit Staatstheatern, Filmproduktionsfirmen, Medienunternehmen, Telekommunikationsfirmen, sogenannten Wohlfahrtsverbänden, aber auch mit vielen Menschen aus dem Bildungssystem – an Schulen und Universitäten.

Und ich bin Autorin. Ich habe 2017 das Buch *exit RACISM. Rassismuskritisch denken lernen* veröffentlicht und 2022 das Buch *Und jetzt Du. Rassismuskritisch leben lernen*.

Rassismus ist ein großes, komplexes Thema. Rassismuskritisch denken und leben zu lernen ist eine lebenslange Reise. Auch ich sehe mich nach wie vor als Lernende und habe oft mehr Fragen als Antworten. Gleichzeitig weiß ich, dass es so wichtig ist, sich mit dem Thema zu beschäftigen, da Rassismus nicht weniger wird, wenn wir versuchen, ihn zu ignorieren. Stell dir mal vor, wir würden sagen: „Ui, lasst uns einfach nicht mehr über die Klimakrise sprechen, dann wird sie schon weggehen." Das wäre absurd, oder?

Genau so ist das mit Rassismus. Rassismus gibt es schon seit fünfhundert Jahren. Er wirkt weltweit in allen Gesellschaften, Systemen und Strukturen. Und deshalb sind wir alle – du und ich – in eine Welt geboren, in der Rassismus bereits da war. Und wir alle wurden und werden täglich weiterhin rassistisch sozialisiert. Rassismuskritisch denken und leben lernen ist daher ein Weg, um unsere Sozialisierung zu verstehen und dann aktiv zu werden gegen Rassismus. Dieser Weg ist oft steinig und schwierig. Häufig werden Menschen dabei frustriert, ärgerlich oder traurig. Daher ist es wichtig zu wissen, dass es allen so geht. Du bist damit nicht allein. Gleichzeitig wirken die Erkenntnisse, die man dadurch bekommt, oft auch befreiend und ermutigend. Denn es kann uns helfen, unsere Welt zu verstehen und dann aktiv etwas gegen Rassismus im eigenen Alltag zu tun.

Wenn du *weiß*[1] bist, ist dein Weg, rassismuskritisch zu werden, ein anderer, als wenn du BIPoC[2] bist. Als *weiße* Person profitierst du von Rassismus. Du hast sogenannte *weiße* Privilegien. Das ist so. Ob du willst oder nicht. Und du hast eine Verantwortung. Zu verstehen, wie Rassismus funktioniert, was *weiße* Privilegien sind, und schließlich auch, was du tun kannst, damit Rassismus in deinem Umfeld weniger wird. Ich wünsche mir für dich, dass du diese Verantwortung auch als Möglichkeit siehst. Dass du Freude daran entwickelst, an einer gerechteren Welt für alle mitzuarbeiten.

[1] Ich schreibe *weiß* kursiv, wenn es sich um die politische Bezeichnung handelt. Damit will ich darauf hinweisen, dass es sich nicht um die Farbe handelt, sondern um die Privilegierung im Kontext Rassismus.
[2] BIPoC steht für Black Indigenous People of Color und ist eine solidarische politische Abkürzung für Menschen verschiedener Communitys, die Rassismuserfahrungen machen.

Als BIPoC erlebst du Rassismus. Das ist traurig und schmerzhaft. Aber je mehr du darüber weißt und lernst, desto mehr kannst du benennen, was da passiert. Du kannst dich mit anderen zusammentun, die auch Rassismus erleben, und dich austauschen darüber, was du in diesen Situationen tun kannst.

Ich selbst bin Schwarze Deutsche cis Frau. Ich bin heterosexuell und light-skinned. Ich habe eine *weiße* Mutter und einen Schwarzen Vater. Ich bin Akademikerin und mehrgewichtig. Ich bin in Ostdeutschland geboren und ich bin zweifache Mutter. All dies sind einige der Kategorien, die meinen Blick auf diese Welt geprägt haben und weiterhin prägen. Einige der Kategorien privilegieren mich gesellschaftlich und einige davon führen dazu, dass ich Diskriminierung erlebe. Ich sage dir das, weil es wichtig ist, aus welcher Perspektive wir sprechen, wenn es um gesellschaftskritische Themen geht. Und weil auch ich immer Lernende in vielen Bereichen bin und bleiben werde.

Welche Kategorien haben dich geprägt? Was siehst du dadurch und was eher nicht?

Alle sind eingeladen, dieses Buch zu lesen. Seid aber bitte achtsam im Umgang miteinander und mit euch selbst. Wenn es dir als BIPoC zu viel wird an irgendeinem Punkt, dann mach Pausen oder leg das Buch ganz beiseite.

Wie dieses Buch entstand: 2020/21 starteten meine Mitarbeiterin Mariam Touré und ich auf unserem Instagram-Kanal eine Serie: „Das rassismuskritische Alphabet". Die Illustrationen dazu kamen von der Agentur KRAUT & KONFETTI.

Jede Woche posteten wir einen Buchstaben und einen Begriff, der mit Rassismuskritik im Zusammenhang steht. Die Serie kam sehr gut an. Die einzelnen Posts wurden Tausende Male geteilt und viel diskutiert. Ein Feedback stach aber heraus: „Bitte, bitte macht ein Buch aus diesem Alphabet!" Gesagt, getan. Diese Idee fanden wir spitze und ... ein Jahr später hältst du jetzt das Buch in den Händen.

Es gibt ein paar Dinge, die ich dir zu diesem Alphabet mitgeben möchte. Das Buch ist kein Antirassismusworkshop. Das heißt, die Begriffe, die wir ausgewählt haben, sind lediglich in dieser Reihenfolge aufgeführt, weil wir uns am Alphabet orientiert haben. Wenn du in meinen Workshop kämest, dann würden wir diese Begriffe nicht nacheinander abarbeiten. Da wäre zum Beispiel das Thema „Vorurteile" viel früher dran als „Blackfacing". Es handelt sich also lediglich um eine Sammlung von 26 Begriffen rund um das Thema Rassismus.

Du findest zu jedem Begriff eine kurze Definition und einen „Take", in dem ich dir noch weitere Informationen und Impulse dazu gebe.

Am Ende des Takes findest du manchmal noch eine Frage oder eine Idee, wie du dich weiter mit dem Thema beschäftigen kannst.

Solltest du dir doch eine gewisse inhaltliche Struktur wünschen, habe ich dir hier im Anschluss mögliche Reihenfolgen skizziert, die für mich in einem rassismuskritischen Prozess Sinn machen würden.

Eine geschichtliche Einordnung:
Kolonialismus und Jim Crow / Blackfacing / Colorism

Was ist Rassismus?
Struktureller Rassismus / Exkurs: Intersektionalität + Queer / Misogynoir

Verschiedene Aspekte rund um Rassismus heute:
Happyland / Farbignoranter Rassismus / Othering / Vorurteile / Derailing / Gaslighting / N-Wort / Tokenism

Was macht Rassismus mit BIPoC?
Politisierung / Race Based Stress / Emotional Tax

Ziel der Rassismuskritik
Liberation / Ally

Das Tolle an dem Alphabet ist, dass es sehr kompakt ist und du einen guten Überblick bekommst. Allerdings muss dir unbedingt bewusst sein, dass die einzelnen Themen viel größer und umfangreicher sind, als wir sie hier dargestellt haben. Zu jedem Thema könnte man ein eigenes Buch schreiben. Vielleicht sogar mehrere.

Hier sind einige Möglichkeiten, wie du das Alphabet benutzen kannst:

- Als Nachschlagewerk
- Als Impulsgeber
- Als Diskussionsgrundlage
- Als Gesprächsstart
- Als Startpunkt für weitere Recherchen

Dieses Buch ist auch dafür gedacht, dass du es möglichst interaktiv nutzt. Also zum Beispiel in Teams, Schulklassen oder Seminargruppen. Ihr könnt damit kleine Projekte starten oder es als Aufhänger für Gruppenarbeiten oder Gespräche verwenden. Aber natürlich kann es dir auch im Alltag dienen, wenn du kurz mal etwas nachschauen oder jemandem etwas erklären willst.

Ich hoffe, dass dieses Buch dich auf deiner rassismuskritischen Reise unterstützt!

Tupoka Ogette

Z

113

ALLY

Ally – Verbündete Person. Ein „Ally“ bezeichnet eine Person, die sich aktiv und kontinuierlich gegen ein diskriminierendes System einsetzt, von welchem sie selbst privilegiert und daher nicht negativ betroffen ist. Es geht dabei nicht nur um Solidarität gegenüber der diskriminierten Gruppe, sondern um ein echtes Verantwortungsgefühl in Bezug auf die Abschaffung des unterdrückenden Systems. „Ally-sein“ ist keine einmalig vergebene Plakette, sondern bedeutet, sich immer wieder neu bewusst dafür zu entscheiden. Es bedeutet, ehrlich mit sich selbst zu sein und sich täglich einzusetzen gegen Diskriminierung. Vorsicht: Es ist problematisch, sich nur aktiv gegen Unterdrückung einzusetzen, um von anderen Menschen gelobt zu werden oder wenn es nur darum geht, zum Beispiel auf Instagram einem Trend zu folgen. Das nennt man auch performatives Verhalten. Dabei geht es nur darum, dass andere einen für einen tollen Ally halten, anstatt wirklich etwas verändern zu wollen.

Wir starten das Alphabet mit dem Begriff, der zentral für die rassismuskritische Auseinandersetzung ist: Ally.

Kennst du die Plakette „Schule ohne Rassismus“? Viele Menschen glauben, dass es reicht, sich so eine Plakette an die Tür der Schule zu hängen, einmal ein Projekt zum Thema Rassismus zu machen, und damit wäre Rassismus dann weg. Das wäre zwar schön, ist aber natürlich nicht so. Jedes große soziale Problem geht nicht einfach so weg. Ally – also Verbündete*r – gegen Rassismus zu sein, bedeutet, jeden Tag und sogar in jeder Situation neu die Entscheidung zu treffen, sich gegen Rassismus zu stellen und sich solidarisch im Kampf gegen Rassismus zu zeigen.

Das ist anstrengend und erfordert Kraft und Einsatz. Die gute Nachricht ist: Du hast jedes Mal wieder neu die Chance, es besser zu machen. Denn: Es liegt an dir, dich selbst aktiv und bewusst immer wieder in die Verantwortung zu nehmen. Auch dann, wenn es schwierig wird. Wenn niemand hinschaut. Auch wenn du deine Komfortzone verlassen musst.

So viele Leute fragen mich, wie sie mir helfen können in Situationen, in denen etwas Rassistisches gesagt wird. Meine Antwort ist: Ich brauche nicht, dass *weiße* Menschen sich schützend vor mich werfen, es sei denn, ich bitte darum oder ich bin körperlich nicht dazu in der Lage, um Hilfe zu bitten. *Weiße* Menschen können und sollten für SICH sprechen. Weil SIE nicht in einem rassistischen System leben wollen. Und weil ihr Schweigen in diesen Momenten Zustimmung bedeutet. Auch und besonders dann, wenn BIPoC nicht im Raum sind. Sag etwas. Unterbrich das Schweigen.

Was kannst/wirst du tun, um ein besserer Ally zu sein?

BLACKFACING

Blackfacing – Eine rassistische Tradition, in der *weiße* Menschen sich schwarz anmalen, mit dem Ziel, Schwarze Menschen durch groteske Darstellungen zu entwürdigen und lächerlich zu machen. Frühe Beispiele des „Blackfacings" lassen sich u. a. in den USA finden. In Filmen oder in sogenannten „Minstrel-Shows" malten sich *weiße* Menschen, zur Unterhaltung des *weißen* Publikums, schwarz an und erfanden Jim Crow, den einerseits einfältigen und verantwortungslosen und andererseits verschlagenen und bösartigen Menschen.

Bis heute lassen sich für die im 18. bis 19. Jahrhundert übliche Praxis weltweit Beispiele für die rassistische Darstellung Schwarzer Menschen finden. So z. B. die Darstellung des Gehilfen des heiligen Nikolaus in Deutschland (Knecht Ruprecht) oder der „Zwarte Piet" in den Niederlanden. Um Halloween und Nikolaus herum erfährt Blackfacing durch das Angebot und Tragen rassistischer Kostümierungen immer wieder Aufwind. Jedoch nicht unkommentiert. In den Niederlanden kämpfen aktivistische Gruppen seit Langem für das Ende der rassistischen Bräuche des Sinterklaasfests. Weltweit wird gegen die Praxis des Blackfacing vehement protestiert.

Stell dir mal vor, vor vielen Jahrhunderten wären Menschen außerhalb Europas nach Europa gekommen, hätten die Menschen dort ausgebeutet, Völker erobert, beraubt und getötet, ihre Bodenschätze gestohlen, die Menschen versklavt und zu ihren Zwecken benutzt. Stell dir vor, es gäbe bis heute soziale und wirtschaftliche Ausbeutung von Europa. Stell dir vor, Europa wäre bis heute auf Entwicklungshilfe und Unterstützung durch afrikanische Länder angewiesen aufgrund dieser jahrhundertelangen Ausbeutung. Und Europäer*innen würden täglich diskriminiert und unterdrückt, weil sie europäischer Herkunft sind.

In Büchern und Filmen kämen Europäer*innen fast nie vor, und wenn, dann nur als komische Randfiguren. Und jetzt stell dir vor, weltweit würden Menschen sich zu Karneval und zu ihrer Belustigung als Europäer*innen verkleiden, indem sie sich kalkweiß anmalen, große blaue Augen und lange Nasen vortäuschen, sich Lederhosen anziehen, Schuhplattler tanzen und betrunken herumtollen. Der Vergleich hinkt natürlich. In Wirklichkeit war es noch viel schlimmer. Aber wichtig ist: Rassifizierte Menschen sind keine Kostüme.

Seit vielen Jahrhunderten wandern *weiße* Menschen aus und erobern, plündern, töten und berauben Länder und Völker. Sie nahmen, ohne zu fragen. Sie bereicherten sich auf Kosten dieser Menschen. Und sie nehmen sich deshalb auch das Recht heraus, in diese stereotypischen Darstellungen von Menschen hineinzuschlüpfen und sich über sie lustig zu machen. Rassismuskritischer Verbündete*r zu sein bedeutet, auch lieb gewonnene, aber rassistische Traditionen zu hinterfragen. Schon lange setzen sich Schwarze Organisationen und Individuen aktiv gegen Blackfacing ein. Es gibt daher im Netz viel Informationen dazu – auch generell zu Rassismus an Halloween und Karneval.

Übrigens: Eine „moderne“ Variante des Blackfacings ist Blackfishing. Eine Form von kultureller Aneignung, bei dem *weiße* Menschen (vor allem auf Instagram oder Menschen aus der Musikbranche) versuchen, sich Schwarz darzustellen, zum Beispiel durch dunkleres Make-up, bestimmte Frisuren, Schönheits-OPs, etc., um dadurch „cooler“ oder „more urban“ zu wirken. Sich dann nach Belieben als eine Schwarze Person „zu verkleiden“ und damit auch noch kommerzielle Erfolge zu feiern, aber jederzeit die Möglichkeit zu haben, zurück in das *weiße* privilegierte Ich zu switchen, ist menschenverachtend und rassistisch.

Platz für deine Gedanken

TIPP

Dr. Dwandalyn Reece: *The Origins of Blackface and Black Stereotypes* (TED Talk)

COLORISM

Colorism – oder **Shadeism** beschreibt die Diskriminierung aufgrund der tatsächlichen Hautfarbe bzw. Haut-Schattierung. Systematisch benachteiligt werden *dark-skinned* Schwarze Menschen, also mit dunklerem Hautton. *Light-skinned* Schwarze Personen – mit hellerem Hautton – werden dabei bevorzugt. Während der Maafa (Holocaust der Versklavung afrikanischer Menschen) wurde „Colorism" bewusst betrieben und hatte dabei die Spaltung innerhalb unterdrückter Schwarzer Communitys zum Ziel. So wurden zum Beispiel versklavte dark-skinned Menschen zu härterer Arbeit auf dem Feld gezwungen und light-skinned Menschen zur Arbeit im Haus.

Die Auswirkungen von Colorism sind bis heute weltweit auf zahlreichen Ebenen sichtbar. Überproportionale (mediale) Repräsentation von light-skinned Schwarzen Menschen versus dark-skinned Menschen, strukturell erschwerte Chancen und Zugänge für dark-skinned Menschen, aber auch Auswirkungen auf die Gesundheit, wie psychologische Beschwerden, chronische Krankheiten und Schmerzen, sind und können Folgen von Colorism sein.

Mit Colorism geht auch Featurism einher. Beide Diskriminierungsarten sind rassistisch geladen und orientieren sich an der vermeintlich *weißen* Norm, nach welcher helle(re) Haut und Gesichtszüge, die dem europäischen Schönheitsideal entsprechen, als erstrebenswert erachtet werden.

Colorism ist eins der überaus giftigen Produkte, die Rassismus uns beschafft hat. Es handelt sich um ein altbewährtes Kriegsmittel namens „Teile und herrsche". Die herrschende Gruppe führt Trennungslinien herbei, um die Gruppe, die sie unterdrückt, in kleinere Gruppen zu unterteilen und gegeneinander aufzubringen. Stell dir eine riesige Plantage mit bis zu Tausenden dort schuftenden Schwarzen versklavten Menschen vor und einer Handvoll *weißen* Menschen, die diese Plantage „leiteten". Damit diese tausend Menschen sich nicht zusammentun und in den eigentlich sehr berechtigten Widerstand gehen, unterteilt man diese Gruppe und bringt ihre Mitglieder gegeneinander auf. Dies funktioniert dann, wenn du einem Teil der Gruppe mehr Privilegien gibst als dem anderen. Dadurch entsteht Missgunst, Wettbewerb und Unterdrückung innerhalb dieser Gruppe. Das wiederum erschwert, dass die Menschen sich zusammentun und gegen den eigentlichen Feind und Unterdrücker vorgehen und kämpfen. Wenn zwei sich streiten, freut sich der Dritte.

Colorism führt unter anderem dazu, dass Schwarze Menschen, die einen helleren Hautton haben, in *weißen* Räumen mehr Sprechzeit, mehr Sichtbarkeit, mehr Zugang erhalten. Die Perspektiven, die Erfahrungen, der Schmerz, aber auch die Arbeit von Schwarzen Menschen mit dunklerem Hautton bekommen weniger Platz. Colorism spaltet Communitys und Familien. Es braucht Heilungs- und Lernräume zum Thema Colorism innerhalb Schwarzer Communitys. Aber auch du als verbündete Person solltest den Begriff kennen und dich dazu weiter informieren.

Platz für deine Gedanken

TIPPS

- Buchtipp: *Colorism Healing Writing Contest 2020*
- Dr. Sarah und L. Webb: *How Can We Heal from the Shades of Colorism?* (TED Talk)
- MTV Decoded: *Light Skinned Privilege*

DERAILING

Derailing – (dt. „Entgleisen“) ist eine sprachliche Taktik, in der es darum geht, vom Kernthema eines Gesprächs abzulenken. Strategien können sein: das Gespräch an sich zu reißen, Erfahrungen von anderen nicht ernst zu nehmen, sie zu ignorieren oder sogar persönlich anzugreifen. „Derailing“ machen Menschen manchmal unbewusst, aber oft auch bewusst, wenn sie sich in Gesprächen über Rassismus oder andere Diskriminierungsstrukturen unwohl fühlen. Also zum Beispiel dann, wenn BIPoC Rassismus thematisieren. Ziel von Derailing ist es darüber hinaus, von der eigenen Verantwortungsübernahme abzulenken, sich Kritik nicht ehrlich zu stellen oder Privilegien eingestehen zu müssen.

Aussagen wie: „Du bist rassistisch, weil du eine Trennung zwischen *weiß* und Schwarz machst. Wir sind alle nur Menschen“, „All Lives Matter“ (versus Black Lives Matter) oder „Auch *weiße* Menschen erleben Rassismus“, sind Beispiele für klassisches Derailing.

Derailing – Ablenkung in schwierigen Gesprächen – ist etwas, was wir alle kennen. Du beleidigst jemanden in einem Streit und wirst anschließend dafür kritisiert. Du bist aber noch wütend und überhaupt nicht einsichtig. Folgender Dialog entsteht: „Es ist nicht okay, dass du zu ihr XYZ gesagt hast." Deine Antwort: „Die hat aber auch XYZ gesagt!" Deine innere Abwehr macht es in dem Moment unmöglich, dass du dich selbst reflektierst, darüber nachdenkst, wie deine Beleidigung die andere Person verletzt haben könnte.

Das Phänomen ist also ein allzu menschliches. Aber wie du aus dem oben genannten Beispiel erkennst, hilft Derailing nicht dabei, einen Konflikt zu lösen oder Kritik aufzunehmen und sich damit ehrlich auseinanderzusetzen. Im schlimmsten Falle verletzt du damit die Person, die bereits verletzt wurde, noch einmal. Um rassistisches Denken und Handeln zu verstehen, ist es wirklich wichtig, dass du dich auch mit Kritik ehrlich auseinandersetzt. Wenn dir also jemand mitteilt, dass du etwas Rassistisches gesagt oder getan hast, dann atme gern erst einmal tief ein und aus. Geh einmal um den Block und trink ein Glas Wasser. Arbeite gegen die Abwehrgefühle in dir an. Lenke nicht vom Thema ab, sondern setze dich ehrlich mit der Kritik auseinander. Nur so kannst du dazulernen und es das nächste Mal besser machen!

Platz für deine Gedanken

EMOTIONAL TAX

Emotional Tax – (dt. „emotionale Steuer“) beschreibt die „Abgaben“, die Menschen mit Rassismus- und anderen Diskriminierungserfahrungen am Arbeits- oder Ausbildungsplatz, Uni oder Schule leisten müssen, um sich sicherer, respektiert und berücksichtigt zu fühlen. Die „Abgaben“ bestehen in Form von mentaler Belastung, die sich auf die individuelle Gesundheit, das Wohlbefinden und die Fähigkeit, sich im Arbeitsumfeld zu entfalten, wesentlich auswirkt, zum Beispiel in Form von Depressionen, Angststörungen und chronischen Schmerzen. Die konstante Aufrechterhaltung von Schutzbarrieren gegen diskriminierende Angriffe erfordert besondere Anstrengungen. Es hat oft zusätzlich zur Folge, dass mehr Zeit und Energie darin investiert wird, um Vorurteilen entgegenzuwirken. „Du musst doppelt so hart arbeiten“ ist eine von vielen Aussagen, die bereits Kinder auf gesellschaftliche Schieflagen vorbereiten sollen, die sie erfahren werden.

Liebe BIPoC-Geschwister, kennt ihr das Gefühl, immer besser sein zu müssen als *weiße* Menschen? Den Druck, auf der Arbeit (Schule, Uni) Emotionen nicht zu zeigen, weil man sonst als „aggressiv" oder als „immer wütend" abgestempelt wird? Diesen Stress, wenn eine vorgesetzte Person, Lehrer*innen oder Teamkolleg*innen einen rassistischen Witz oder Kommentar machen, sich irgendwie verhalten zu müssen? Die Angst vor dem nächsten rassistischen Kommentar? Die Sorge, übersehen zu werden, nicht ernst genommen zu werden, mundtot gemacht zu werden?

Das ist die emotionale Steuer, die BIPoC in *weißen* Räumen – vor allem, aber nicht nur – auf der Arbeit, in der Schule, an der Uni, bei der Ausbildung zahlen müssen. Es ist vor allem eins: anstrengend. Wenn du *weiß* bist, kennst du diesen Stress vielleicht auch – zum Beispiel als Frau, wenn es um Sexismus geht, oder als Teil der LGBTQIA+-Community, wenn es um zum Beispiel um Homophobie oder Transfeindlichkeit geht. Emotional Tax ist nicht nur anstrengend, es führt auf Dauer auch zu Stress bis hin zu Burn-out. Es kann psychische und körperliche Auswirkungen haben wie Depressionen, Angstgefühle oder Konzentrations- und Schlafprobleme. Als *weiße* verbündete Person ist es wichtig zu wissen, dass BIPoC diesem Druck ausgesetzt sind und das nicht klein- oder wegzureden, wenn das Thema aufkommt.

Platz für deine Gedanken

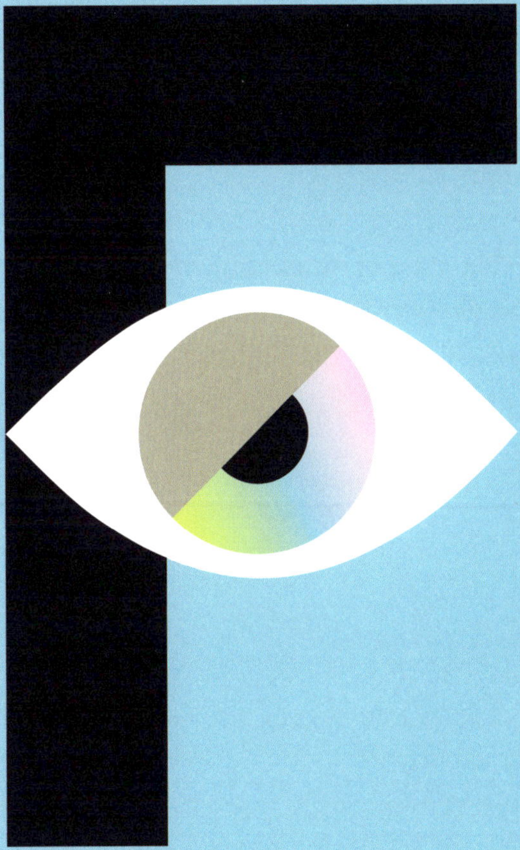

FARBIGNORANTER RASSISMUS

Farbignoranter Rassismus – (engl. *color evasive racism*) beschreibt das Phänomen, bei dem (vor allem *weiße*) Menschen versuchen, gesellschaftliche Realitäten und Machtgefälle zu relativieren oder auszublenden. Aussagen wie: „Ich sehe keine Hautfarben", „Alle Menschen sind für mich gleich" oder „Mir ist egal, ob jemand schwarz, weiß, grün oder lila ist" fallen unter „farbignoranter Rassismus" und sind problematisch. Es werden reale Unterschiede und Ungleichbehandlungen negiert, die anhand von Rassifizierung gemacht werden.

Ein weiterer Effekt ist das Ablenken von echten Gesprächen über Rassismus und ein Verhindern von Selbstreflexion (siehe auch: Derailing). Rassistische Schieflagen anzuerkennen ist ein erster Schritt hin zu einer rassismusärmeren Welt.

Das erste Mal, dass ich mich bewusst an einen farbignoranten Kommentar erinnere, war in der Studienzeit. Eine *weiße* Freundin sah mich strahlend an und sagte: „Wenn ich dich anschaue, sehe ich gar nicht, dass du Schwarz bist.“ Ich war verwirrt, denn es klang wie ein Kompliment, fühlte sich aber eher beklemmend an und schräg. Damals konnte ich noch nicht formulieren, warum ich so irritiert und auch verletzt war.

Heute kann ich es: Kommentare wie diese mögen irgendwie nett gemeint sein. Allerdings leben wir in einer Welt, in der wir Dinge unterschiedlich erleben, je nachdem, ob wir *weiß* oder BIPoC sind. Wir erleben unterschiedliche Vorurteile, uns werden unterschiedliche Dinge zugetraut oder auch nicht, wir haben unterschiedliche Chancen, wenn wir uns um eine Wohnung oder eine Arbeitsstelle bewerben. Wir haben ein unterschiedliches Sicherheitsempfinden im öffentlichen Raum.

Farbignorante Aussagen tun so, als gäbe es diese Unterschiede nicht. Und das ist natürlich fatal, denn wie können wir Ungerechtigkeiten erkennen oder sogar abbauen, wenn wir sie bewusst ignorieren? Gar nicht! Deshalb ist es wichtig zu verstehen, dass wir zwar natürlich alle Menschen sind. Wir alle haben die gleichen Rechte und wollen eigentlich gern einfach Individuen sein. Aber wir leben momentan in einer Welt, in der wir anhand unterschiedlicher Kategorien ungleich behandelt werden. Um dagegen kämpfen zu können, müssen wir die Unterschiede wahrnehmen und benennen lernen.

Aufgabe:
Stell dir vor, ein*e Freund*in von dir sagt: „Ich sehe aber keine Hautfarben! Ich mache keine Unterschiede, mir ist egal, ob jemand schwarz, weiß oder grün ist!" Probier einmal, dagegen zu argumentieren und farbignoranten Rassismus zu erklären. Trau dich – Vorbereitung für den Ernstfall ist gut. Und Übung macht die*/den* Meister*in!

GASLIGHTING

Gaslighting – ist eine Taktik, in der die Realität und Wahrnehmung der betroffenen Person angezweifelt und untergraben wird. Die ausübende Person (Organisation, Institution o. Ä.) leugnet dabei Fakten, missachtet Gefühle und erkennt äußere Umstände nicht an. Ziel ist es, das Gegenüber derart zu verunsichern, dass die eigene Gefühls- und Urteilsfähigkeit infrage gestellt wird.

„Gaslighting" ist in vielen Formen sichtbar. Eine davon ist rassistisches Gaslighting. Dabei werden u. a. bewusst rassistische Stereotypen verwendet, um das Gegenüber zu manipulieren: „Schwarze Frauen sind immer so wütend." Mit Aussagen wie „Das ist kein Rassismus, das bildest du dir ein" werden rassistische Vorfälle geleugnet und die Gefühle der betroffenen Person als irrational diffamiert.

Rassistisches Gaslighting hat zum Ziel, das existierende (Macht-) Ungleichgewicht zwischen *weißen* Menschen und BIPoC aufrechtzuerhalten. Dies wird erreicht, indem der Kampf und die Kämpfenden gegen rassistische Strukturen verunglimpft werden und somit eine ernsthafte Auseinandersetzung verhindert wird.

Gaslighting ist eine Form der Manipulation. Eine Taktik, durch die Menschen eingeschüchtert werden und im schlimmsten Fall sogar negative Botschaften über sich selbst glauben und verinnerlichen. Ganz überspitzt gesagt: Wenn dir jemand täglich einredet, dass eine Sonnenblume rot und nicht gelb ist, und wenn diese Person Macht über dich hat, kann es sein, dass du irgendwann tatsächlich an deiner eigenen Wahrnehmung zweifelst.

Wenn es um das Thema Rassismus geht, ist Gaslighting eine weitere Form des Derailings – also ein Ablenkungsmanöver, das verhindern soll, dass Menschen sich wirklich über rassistisches Handeln oder rassistische Aussagen Gedanken machen und diese hinterfragen.

Gaslighting führt oft zu einer Opfer-Täter-Umkehr. Stell dir vor, eine *weiße* Person sagt das N-Wort zu einer Schwarzen Person. Wenn diese Schwarze Person sich nun lautstark dagegen wehrt, wäre eine klassische Gaslighting-Reaktion darauf: „Ihr seid immer so aggressiv, dir kann man gar nicht zuhören. Du steigerst dich da gerade ganz schön rein und bist übersensibel." Zack, liegt der Gesprächsfokus auf dem Verhalten der Schwarzen Person und nicht mehr auf dem rassistischen Begriff und der Verletzung, die dadurch ausgelöst wurde.

Ist dir Gaslighting schon einmal widerfahren? Oder hast du es schon einmal mitbekommen?

HAPPYLAND

Happyland – ein Zustand, in dem *weiße* Menschen leben, bevor sie sich bewusst und aktiv mit Rassismus beschäftigen. „Happyland" ist eine Welt, in der Rassismus das Vergehen der anderen ist. Auch in Happyland ist Rassismus etwas Schlechtes, aber er ist auch enorm moralisch aufgeladen. Rassistisch ist, wer schlecht ist. Rassismus hat immer mit Vorsatz zu tun: Rassistisch ist also, was rassistisch gemeint war. Alles andere liegt im Auge der betrachtenden Person. Die verursachende Person trägt keinerlei Verantwortung. Der Rassismushinweis wiegt dabei immer schwerer als das, was die Situation ausgelöst hat. Da *weiße* Menschen in Happyland als Individuen betrachtet werden, spielen Hautfarbe und ihre schwerwiegenden Folgen keine Rolle.

Happyland ist ein von *weißen* Menschen geschaffener Ort voller Privilegien, in dem nur sie Platz haben, und zwar auf Kosten von BIPoC. Ein Ort, an dem Menschen verletzt und entwürdigt werden, meistens unbewusst, oft mit einem Lächeln im Gesicht und gut gemeinten Intentionen. Sobald du beginnst, rassismuskritisch denken und sehen zu lernen, lernst du auch, Happyland immer wieder aufs Neue zu verlassen.

„Rassismus ist böse, Rassismus ist schlecht." „Nur rechtsradikale Menschen können rassistisch sein." „Nur wenn man es auch so gemeint hat, ist etwas rassistisch." „Ich kann entscheiden, ob etwas rassistisch ist oder nicht."

All dies sind Aussagen, die aus Happyland stammen. Rassismuskritisch denken und leben zu lernen bedeutet, Happyland so schnell wie möglich hinter sich zu lassen. Sich bewusst zu werden, dass wir alle rassistisch sozialisiert sind und täglich weiterhin werden. Weil wir in eine Welt hineingeboren wurden, in der Rassismus schon lange vor uns da war. Sozialisierung ist etwas, was in dem Moment einsetzt, in dem wir diese Welt betreten, und was wir quasi inhalieren, ob wir es wollen oder nicht. Rassistische Denkmuster durchziehen unsere Sprache, unsere Bilder, unsere Systeme und unsere Strukturen.

Das zu begreifen ist traurig und gleichzeitig ein wichtiger erster Meilenstein, um dagegen anzukämpfen! Denn erst dann können wir beginnen zu verstehen, wo dieser Rassismus überall sitzt, wie er genau aussieht und wie er wirkt. Dies ist ein langer Prozess und geht nicht von heute auf morgen. Am besten geht das zusammen mit anderen gleichgesinnten Menschen, die auf einer rassismuskritischen Reise sind. So könnt ihr gemeinsam lernen und wachsen. Denn: „Willst du schnell gehen, geh allein. Willst du aber lange gehen, geh gemeinsam."

Und wo wir dabei sind, bist du schon ausgezogen aus Happyland?

INTERSEKTIONALITÄT

Intersektionalität – (aus dem Engl., *intersection* – „Kreuzung/ Schnittpunkt") ein Begriff, der von Kimberlé Williams Crenshaw, einer afro-amerikanischen Bürgerrechtlerin, Anwältin und Wissenschaftlerin, in den späten Achtzigern geprägt wurde. Intersektionalität bezieht sich auf das Zusammenwirken von Diskriminierungskategorien wie Gender, Race, Klasse, Sexualität, körperliche und geistige Fähigkeiten u. v. m.

Kimberlé Crenshaw verglich das Aufeinandertreffen von Diskriminierungen als Kreuzung, an der sich zwei oder mehr Straßen treffen. Dabei geht es nicht nur um das bloße Addieren der Kategorien, sondern um das Verständnis darüber, welche konkreten Auswirkungen diese Mehrfachdiskriminierung auf Individuen und Strukturen hat.

Ende des 19. Jh. benannte die ehemals versklavte feministische Aktivistin Sojourner Truth die Mehrfachdiskriminierung Schwarzer Frauen durch Rassismus und Sexismus in ihrer Rede „Ain't I Woman?". In Deutschland waren es Schwarze lesbische Frauen, die nicht nur den Beginn der aktivistischen Rassismuskritik markierten, sondern auch von Anfang an Intersektionalität als Fokus der Debatte mit einforderten.

Der Kampf gegen Rassismus muss intersektional gedacht werden, wenn er wirklich nachhaltig gestaltet werden soll. Kimberlé Crenshaw beschreibt die Überlappung von zwei oder mehr Diskriminierungsformen als Kreuzung. Sie selbst meinte damit zuerst die Diskriminierung Schwarzer Frauen. Diese unterscheidet sich von der Diskriminierung Schwarzer Männer und der *weißer* Frauen.

Platz für deine Gedanken

TIPP

Buchtipp: An dieser Stelle möchte ich dir das Buch *Why we matter* von Emilia Roig und *Die Schönheit der Differenz: Miteinander anders denken* von Hadija Haruna-Oelker sehr ans Herz legen. Beide Autor*innen haben sich intensiv mit dem Thema Intersektionalität beschäftigt und beleuchten dies eindrucksvoll in ihren Büchern.

JIM CROW

Jim Crow – (dt. „Jim, die Krähe“) ein erfundener Name, der um 1830 in den USA als rassistisches Stereotyp für Schwarze Menschen entstanden ist. In der Tradition des Blackfacings wurde die Figur „Jim Crow“ in degradierender Weise von *weißen* Menschen dargestellt.

Nach dem offiziellen Ende der Versklavung Schwarzer Menschen fürchteten *weiße* Menschen, dass Schwarze Menschen dieselben Freiheiten, Rechte und Zugänge haben könnten wie sie. Im Zuge dessen entstanden die sogenannten „Jim-Crow-Laws“. Diese Gesetze hatten zum Ziel, dies zu verhindern und afroamerikanische Menschen in allen Lebens- und Wirkungsbereichen von *weißen* Menschen zu segregieren.

In den Südstaaten wurden die ersten Gesetze wie die Nutzung separater öffentlicher Verkehrsmittel oder der Besuch getrennter Schulen Ende des 19. Jahrhunderts erlassen. Die Nichteinhaltung dieser Gesetze wurde massiv unter Strafe gestellt. Eine bekannte Opponentin dieser Gesetze war die Afroamerikanerin Rosa Parks. Die Bürgerrechtlerin weigerte sich 1955, ihren Sitzplatz für einen *weißen* Fahrgast aufzugeben, und wurde dafür festgenommen.

Die Jim-Crow-Laws sind inzwischen illegal, die Auswirkungen sind jedoch bis heute sichtbar. Wohngebiete und Schulen sind heute getrennter als in den 1970er-Jahren. Eine von vielen weiteren Konsequenzen ist die überproportionale Inhaftierung Schwarzer Männer. Unter „New Jim Crow“ fasst zum Beispiel Michelle Alexander dieses Phänomen zusammen.

Die rassistische Kunstfigur Jim Crow kennst du ja bereits vom Buchstaben B – Blackfacing. Um eine Unterdrückungsstruktur zu etablieren und dann über einen längeren Zeitraum aufrechtzuerhalten, reichen Gesetze oder Regeln nicht aus. Menschen müssen daran glauben und davon überzeugt sein. Daher gehören zu großen Unterdrückungsstrukturen wie Rassismus oder Sexismus etc. auch Erzählungen, die versuchen, das Bestehen der Struktur zu rechtfertigen. Es werden Geschichten und Bilder erfunden, die beweisen sollen, dass Schwarze Menschen dümmer, gefährlicher, wilder, fauler etc. als *weiße* Menschen wären. Jim Crow ist eine dieser Geschichten.

Solche Geschichten haben fatale, aber beabsichtigte Folgen. Sie setzen sich in den Denkmustern und Glaubenssätzen der Menschen fest, und das mit schwerwiegenden Auswirkungen. Damals in Form der Jim-Crow-Gesetze: „Ja, Schwarze Menschen sind unsauberer, deshalb brauchen sie eigene Wasserspender." „Ja, sie sind dümmer, deshalb brauchen Schwarze Kinder andere Schulen als *weiße* Kinder." Oder andersherum erzählt: „*Weiße* Menschen sind sauberer und brauchen daher eigene Wasserspender." Oder zum Beispiel *weiße* Kinder seien klüger und bräuchten daher eigene Schulen. Klingt absurd? Ist es auch. Aber es hat gut funktioniert, um Rassismus am Leben zu halten. Bis heute erzählen wir in unserer Gesellschaft Geschichten, die die Unterdrückungsstrukturen etablieren. Sie sind oft versteckter als damals, aber immer noch präsent.

Fallen dir welche ein? Findest du solche falschen Erzählungen auch bei anderen Diskriminierungsformen?

TIPP

Buchtipp: *Homegoing* von Yaa Gyasi! Ein Must-read für alle, die mehr verstehen wollen.

KOLONIALISMUS

Kolonialismus – „Als Kolonialismus wird die Inbesitznahme auswärtiger Territorien und die Unterwerfung, Vertreibung oder Ermordung der ansässigen Bevölkerung durch eine Kolonialherrschaft bezeichnet." (Quelle: https://de.wikipedia.org/wiki/Kolonialismus, abgerufen am 5.1.2022)

In der Geschichte gab es zwei große Kolonialismuswellen. Die erste Welle begann im 15. Jahrhundert. In dieser Zeit kolonisierten europäische Länder ganz Nord- und Südamerika. Die Beweggründe lassen sich wie folgt zusammenfassen: Gott, Gold und Ruhm. Gott, weil die Missionare es als ihre moralische Pflicht ansahen, das Christentum zu verbreiten, Gold, weil die Kolonisatoren die Ressourcen anderer Länder für die eigene Wirtschaft ausbeuteten, und Ruhm, weil die europäischen Nationen oft miteinander konkurrierten. Koloniale Logik besagte, dass ein Ort erst dann existierte, wenn *weiße* Europäer ihn gesehen und seine Existenz bezeugt hatten, aber die Kolonisten „entdeckten" kein Land. Die „Neue Welt", wie sie damals genannt wurde, war nicht neu: Schon sehr lange lebten Menschen auf dem amerikanischen Kontinent.

Die zweite Welle begann im 19. Jahrhundert und konzentrierte sich auf den afrikanischen Kontinent. Im sogenannten „Wettlauf um Afrika" teilten europäische Nationen den Kontinent wie einen Kuchen auf, schufen willkürliche Grenzen und beanspruchten große Landstriche für sich. Es mag einfach sein, den Kolonialismus als ein Relikt der Vergangenheit abzutun, aber wir alle leben in einer Welt, die von dieser Geschichte brutaler und gewaltsamer Ausbeutung geprägt ist. [3, 4]

[3] https://www.teenvogue.com/story/colonialism-explained (abgerufen 5.1.2022)
[4] https://www.nationalgeographic.com/culture/article/colonialism (abgerufen 5.1.2022)

Die Kolonialzeit mag offiziell vorbei sein, aber die wirtschaftlichen und sozialen Effekte dieser Zeit prägen unsere Welt bis heute. In Deutschland haben wir das Problem, dass bis zu diesem Tag keine wirkliche Aufarbeitung der Verbrechen der Kolonialzeit stattgefunden hat. Das liegt unter anderem daran, dass Deutschland den eigenen Kolonialismus verdrängt. Ja, Deutschland hatte Kolonien. Nicht so viele und so lange wie zum Beispiel Großbritannien, aber Deutschland hatte Kolonien und ist u. a. verantwortlich für einen der ersten Genozide: an den Herero und Nama im heutigen Namibia.

Auch finanziell hat die Wirtschaft vom Kolonialismus profitiert. Unsere Sprache und Bilder und daher auch unsere Denkmuster sind durch diese Zeit geprägt. In vielen Geschichts- und Schulbüchern wird europäische Expansion bis heute als Entdeckungsreise dargestellt, und die Menschen, die in fremden Ländern landeten – und Gewalt und Völkermord an den Menschen verübten, die bereits seit Langem dort lebten –, werden als Held*innen dargestellt. Bis heute finden wir Monumente und Straßennamen, die Kolonialverbrecher*innen ehren. In zahlreichen Museen wird nach wie vor koloniale Raubkunst ausgestellt. Es ist wichtig, sich der Kolonialgeschichte zu stellen, denn eine kritische Anerkennung ist der erste essenzielle Schritt in Richtung Heilung.

Was du tun kannst:
Schau einmal nach Relikten der Kolonialzeit in deiner Umgebung, in Schul- oder Unibüchern, achte auf Straßennamen und Produktbezeichnungen.

LIBERATION

Liberation – (dt. „Befreiung") meint die Entwicklung hin zu einem Zustand (bewusst wie unbewusst), in dem Menschen frei denken, existieren und sich entfalten können, außerhalb traditioneller Unterdrückungssysteme. Dabei erkennt Befreiung die Geschichte an, führt aber keine ungleichen Systeme fort, an welche Personen gebunden werden. Mit Befreiung geht Solidarität, Respekt und Würde einher.

Eine Vielfalt an *Liberation Movements* sind im Laufe der Geschichte entstanden und bis heute aktiv, so z. B. LGBTQIA+, *Social Movements, Disability Rights Movements, Jewish Emancipation, Women Liberation Movements …*

Keeanga-Yamahtta Taylor, afroamerikanische Autorin, Aktivistin und Wissenschaftlerin, führt in ihrem Werk *Von #BlackLivesMatter zu Liberation* auf, dass der Kampf gegen Polizeigewalt eine neue Dynamik für Schwarze Freiheitsbestrebungen in den USA und weltweit entwickeln kann.

„Befreiung“ scheint ein großes Wort zu seien, wenn wir heute auf Deutschland schauen. Hast du dir vielleicht auch schon gedacht, oder? Schließlich leben wir in einer Demokratie, in der alle Menschen die gleichen Rechte haben. Wir dürfen unsere Meinung sagen, wir dürfen wählen gehen und uns politisch engagieren. Wir haben einen Sozialstaat, in dem Menschen unterstützt werden, wenn es ihnen schlecht geht. Und wir haben eines der besten Gesundheitssysteme der Welt.

All das ist nicht verkehrt. Und dennoch ist auch unsere Gesellschaft nicht frei von Schieflagen. Von Dingen, die nicht so laufen, wie sie sollten, oder die auf dem Papier existieren, aber in der Realität oft anders aussehen. Alltagsrassismus und vor allem institutioneller und struktureller Rassismus führen dazu, dass es in unseren Systemen Ungerechtigkeiten gibt, die bestimmte Gruppen – nämlich BIPoC – eher benachteiligen. Zum Beispiel auf dem Wohnungsmarkt, dem Arbeitsmarkt, im Bildungssystem, im Rechtssystem, im Gesundheitssystem, in den Medien ... ups. Das sind ja fast alle gesellschaftlichen Bereiche? Ja. Denn Rassismus wirkt überall.

Andersherum formuliert: Es gibt keinen Bereich, in dem Rassismus nicht wirkt. BIPoC treffen täglich in allen gesellschaftlichen Bereichen auf Barrieren. Sie werden unterschätzt, übersehen, nicht ernst genommen, ihnen wird ihre Kompetenz abgesprochen, sie müssen sich mit Mikroaggressionen auseinandersetzen und vieles mehr. Das belastet den Alltag, die Psyche und hat Auswirkungen auf das Wohlbefinden und den Stresslevel. Und ja, es beeinflusst Lebenswege. Und nein, das sollte nicht so sein. Daher gibt es Bewegungen und zahlreiche Individuen, die weiterhin täglich gegen rassistische Ungleichbehandlung kämpfen. Im Kleinen und im Großen. Bist du dabei?

Platz für deine Gedanken

TIPP

Buchtipp: Im Jahr 2016 ist das Buch *Von #BlackLivesMatter zu Liberation* von Keeanga-Yamahtta Taylor erschienen und hat nicht an Aktualität verloren. Wie und wodurch dieser Transformationsprozess angestoßen werden kann, erklärt sie in ihrem großartigen Werk!

MISOGYNOIR

Misogynoir – (Wortneuschöpfung aus engl. *misogyny,* dt. „Misogynie", und *noir,* frz. für „schwarz") beschreibt die Art und Weise, wie Rassismus, Misogynie und weitere Phänomene zusammenwirken, um speziell Schwarze Frauen zu unterdrücken.

Der Begriff wurde von Moya Bailey, einer afroamerikanischen Feministin, Wissenschaftlerin, Autorin, Aktivistin und Professorin, 2010 geprägt. Für Bailey gilt, dass eine spezifische Sprache die Macht hat, weit gefasste Unterdrückungskategorien (wie z. B. Rassismus, Patriarchat ...) zu präzisieren und ganzheitlich anzugehen.

Bekannte Hashtags wie *#BlackGirlMagic* und *#GirlsLikeUs* sind Teil des Widerstands gegen Misogynoir, besonders im digitalen Raum. Der von Schwarzen Frauen ausgehende Aktivismus sollte on- sowie offline als ernst zu nehmende Maßnahme für den Schutz und die Gesundheit Schwarzer Frauen/Menschen angesehen werden, so Bailey.

Misogynoir bezieht sich auf die Unterdrückung Schwarzer Frauen. Warum gerade Schwarze Frauen, fragst du? Schwarze Frauen leben in einer patriarchalen Gesellschaft, in der sie Sexismus sowohl von *weißen* Männern als auch von BIPoC-Männern erleben. Darüber hinaus leben sie in einer rassistischen Welt und sind von Rassismus betroffen. Diese Mehrfachdiskriminierungen äußern sich zum Beispiel auch darin, dass schon Schwarze Mädchen eine so genannte Adultifikation erleben. Studien zeigen, dass Erwachsene glauben, Schwarze Mädchen bräuchten im Vergleich zu *weißen* Mädchen im gleichen Alter weniger „Fürsorge, Schutz, Unterstützung und Trost"[5]. Wenn diese von ihren Erfahrungen berichten, wird ihnen oft weniger geglaubt, und sie werden weniger ernst genommen.

Sehr präsent war das im Falle des RnB-Musikers R. Kelly, der beschuldigt wurde, über dreißig Jahre lang minderjährige Schwarze Mädchen missbraucht zu haben. Es gab bereits seit Jahren viele Beweise und Augenzeugenberichte, aber den Frauen wurde lange nicht geglaubt.

Misogynoir ist auch deshalb als Terminus wichtig, weil feministische Bewegungen oft rein *weiß* gesehen werden. Das ist problematisch, da Feminismus nur dann wirklich eine Befreiungsbewegung ist, wenn alle, die unter dem Patriarchat leiden, mitgedacht werden und wenn all ihre unterschiedlichen Erfahrungen Gehör bekommen. Übrigens: Es ist an dieser Stelle sehr wichtig, dass BIPoC-Männer sich mit ihrem verinnerlichten Sexismus auseinandersetzen.

[5] https://www.law.georgetown.edu/news/research-confirms-that-black-girls-feel-the-sting-of-adultification-bias-identified-in-earlier-georgetown-law-study/ (*abgerufen* 31.1.2022)

Welche Schwarzen Frauen kennst du?
Mach doch mal einen Vortrag zum Wirken Schwarzer Frauen in unterschiedlichen gesellschaftlichen Bereichen in Deutschland.

TIPP

Buchtipp: Ihr möchtet mehr über Misogynoir erfahren? Moya Bailey hat ein Buch mit dem Titel *Misogynoir Transformed: Black Women's Digital Resistance* geschrieben. Dort konzentriert sie sich auf den Widerstand Schwarzer Frauen gegen die eigene Unterdrückung im Internet.

N-WORT

N-Wort – ein rassistischer und abwertender Ausdruck, ursprünglich für Afrikaner*innen der Sub-Sahara, welcher im Zuge der Kolonialzeit entstand und zur Einordnung eingesetzt wurde.

Der Begriff ist daher nicht losgelöst von seiner Entstehungsgeschichte – und zwar der gezielten Entwürdigung und Entmenschlichung Schwarzer Menschen – zu sehen.

Das Benutzen des N-Worts durch einige Schwarze Menschen (z. B. im Hip-Hop) ist und kann Ausdruck von Selbstermächtigungsprozessen sein. Dies dient jedoch in keinem Falle als Legitimation für nicht-Schwarze Menschen, diesen Begriff zu verwenden. Nicht-Schwarze Menschen müssen sich bewusst sein, dass die Reproduktion des ausgesprochenen N-Wortes immer auch bedeutet, Rassismen zu reproduzieren und zu zementieren.

Eigentlich sollte das ein *no-brainer* sein. Das N-Wort ist rassistisch. Rassistische Wörter sind verletzend und werden ergo nicht benutzt. Wie du aber sicher weißt, ist das leider oft noch nicht so. Bei so vielen Nicht-Schwarzen Menschen scheint es immer wieder ein großes Bedürfnis zu geben, das Wort auszusprechen.

Das N-Wort ist nie losgelöst, also unabhängig davon zu sehen, wie es entstanden ist. *Weiße* Menschen haben diesen Begriff entwickelt, um Menschen zu bezeichnen, die sie nicht nur ausgebeutet und unterdrückt haben, sondern die sie auch gar nicht als vollwertige Menschen angesehen haben.
Das N-Wort steht für Trauma und Schmerz. Wenn du als Nicht-Schwarzer Mensch dennoch weiterhin darauf bestehst, den Begriff zu benutzen, hältst du damit in diesem Moment Rassismus am Leben. Das muss dir bewusst sein. Du musst auch damit rechnen, dass du viel Kritik dafür bekommst, und damit umgehen.

Für alle anderen, die sich mit der Historie und der Tragweite des Begriffs auseinandersetzen möchten, empfehle ich u. a. „Wieso das N-Wort nie die richtige Bezeichnung für Schwarze Menschen ist" von Nelly Bihegue und „Das N-Wort" von Grada Kilomba, erschienen auf bpb.de.

Schwarze Menschen kämpfen schon lange gegen das N-Wort. Unter anderem hat die Aktivistin Charlotte Nzimiro gemeinsam mit Aminata Belli und der Kölner Initiative „N-Wort Stoppen" eine Petition gegen die Nutzung des N-Wortes gestartet.

Was du tun kannst:
Unterschreibe die Petition. Eigne dir noch mehr Wissen an, und dann sag etwas dagegen, wenn in deinem Umkreis das N-Wort gesagt wird.

OTHERING

Othering – (aus dem Engl., *other* – „jmd./etw. zum Anderen machen oder andern") beschreibt Ausgrenzungs- und Zuschreibungsdynamiken, in welchen Fähigkeiten, Eigenschaften u. v. m. von Individuen oder Gruppen als „besonders" gekennzeichnet werden. Dabei spielt es keine Rolle, ob die Kennzeichnungen oder Zuschreibungen positiv oder negativ gemeint sind, es unterstellt ein Abweichen von der „Norm". Es spricht den betroffenen Menschen ihre Individualität ab und begrenzt sie in ihrer Entfaltung. „Othering" hat ernsthafte Folgen für marginalisierte Gruppen. Es bestimmt politische, institutionelle und gesellschaftliche Prozesse, die Entmenschlichung, Verfolgung und die Einschränkungen von Rechten zur Folge haben und haben können. So zum Beispiel hat das Othering Schwarzer Menschen, als vermeintlich gefährliche und kriminelle Gruppe, Polizeigewalt als mögliche und reale Folge.

Auch wenn es „gut gemeint" ist, Othering diskriminiert, grenzt aus und begrenzt Menschen in ihrem Sein. Es zementiert Machtgefälle und eine Denkweise, die von sog. „Normen" und ihren „Abweichungen" geprägt ist. Von einem mächtigen „Wir" und einem konstruierten „Anderen". Individuen und Gruppen können von Othering betroffen sein. Nicht nur im Kontext von Rassismus, sondern auch auf Basis von Gender, körperlicher und geistiger Fähigkeiten, sexueller Orientierung, Religion und Klasse u. v. m.

Wir und die anderen. Darum geht es bei Othering. Klingt erst einmal nicht schlimm, oder?

Eigentlich sind ja alle Menschen verschieden. Also, ich bin anders als du. Und du bist anders als die Person neben dir. Und so weiter. Es gibt keinen Menschen zweimal. Selbst Zwillinge unterscheiden sich. Beim Othering geht es aber darum, dass behauptet wird, es gäbe die „Normalen" und die, die anders sind. Also nicht normal. Im Kontext von Rassismus werden die anderen zum Beispiel oft als „exotisch" oder „wild" oder „aggressiv" beschrieben.

Teil der Normalen bzw. der Norm zu sein, hat viele Vorteile. Du musst nicht erklären, warum du hier bist. Du musst dir keine Sorgen machen, dass du schlechter behandelt wirst, weil du als nicht normal wahrgenommen wirst. Du musst keine Angst haben, dass, wenn du einen Fehler machst, alle sagen: „Oh, das war ja klar, die anderen machen das immer falsch!" Du kannst einfach du sein. Ein Individuum. Als *weiße* Person musst du noch nicht mal wissen, dass du *weiß* bist. Niemand sagt zu dir: „Oh, ja *weiße* Menschen sind halt immer so und so. Die können das eben nicht so gut." Wenn eine *weiße* Person etwas Kriminelles macht, sagt niemand über dich: „Oh, Vorsicht, *weiße* Menschen, vielleicht sind die auch kriminell."

Othering kommt oft subtil daher, hat aber einen starken Effekt. Es führt dazu, dass Menschen sich nicht dazugehörig fühlen können, ständig für eine ganze Gruppe sprechen und agieren müssen. Sie können nicht sie selbst sein, weil ihr individuelles Sein von der Projektion über „die anderen" verdeckt wird.

Was du tun kannst:
Schau einmal, wo du in deinem Alltag – in Büchern, Filmen – überall Othering entdeckst. Wann darf die vermeintliche Norm unbenannt bleiben?

POLITISIERUNG

Politisierung – beschreibt hier einen Bewusstwerdungsprozess, den Schwarze Menschen durchmachen, wenn sie beginnen, sich durch Bücher, Communitys, Vernetzung u. v. m. mit Rassismus zu beschäftigen.

In diesem Prozess beginnen sie, die Strukturen und Auswirkungen von Rassismus zu verstehen, und setzen sich politisch damit auseinander. Diese Auseinandersetzung kann ein sehr emotionaler Prozess sein, in welchem Schwarze Menschen sich selbst, ihre Beziehungen und die Gesellschaft als Ganzes hinterfragen.

Die Forderungen, die in der politischen Auseinandersetzung entstehen, können dabei auf unterschiedlichen Ebenen übersetzt werden. So z. B. durch das Gründen von Zusammenschlüssen/Interessenverbänden, Aktivismus (on- und offline) oder durch den Gang in die Politik.

Weiße Menschen glauben oft, dass BIPoC Rassismus bereits auf allen Ebenen verstehen müssen, weil sie ihn ja erleben. Dies ist aber nicht der Fall. Denn auch BIPoC wachsen in einer rassistischen Gesellschaft auf und werden rassistisch sozialisiert. Sie machen zwar bestimmte Erfahrungen, können diese aber nicht unbedingt sofort einordnen und benennen. Woher denn auch? Es braucht Wissen und vor allem den Austausch mit anderen Menschen, die Ähnliches erleben, um erkennen zu können, dass die eigenen Erfahrungen unter Rassismus einzuordnen sind.

Auch BIPoC müssen eine Sprache für ihre Erfahrungen lernen, müssen begreifen, dass sie mit ihren Erfahrungen nicht allein sind, sondern dass es sich um kollektive Erfahrungen handelt. Damit BIPoC das schon in der Kindheit lernen können, brauchen sie ein Umfeld, das dieses Wissen schon hat. Sie müssen sich austauschen können und vor allem verstehen lernen, dass Rassismus das Problem ist und nicht sie selbst. Es gibt aber auch viele BIPoC, die so ein Umfeld nicht hatten und dann erst im Erwachsenenalter diesen Prozess durchlaufen.

Platz für deine Gedanken

QUEER

Queer – ist eine Selbstbezeichnung für Menschen mit sexuellen Orientierungen und/oder geschlechtlichen Identitäten außerhalb heteronormativer Vorstellungen.

Der Begriff stammt aus dem Englischen und hatte im ursprünglichen Sinne einen abwertenden Charakter. Im Zuge der Stonewall-Proteste, der AIDS-Bewegungen und weiterer emanzipatorischer Bestrebungen, wurde „queer" als Selbstbezeichnung immer mehr genutzt.

Als Selbstbezeichnung kann queer Ausdruck von Stolz, Zusammengehörigkeit und Selbstermächtigungsprozessen sein. Als Fremdbezeichnung birgt es die Gefahr, die unterschiedlichen Erfahrungen und Positionierungen von Individuen und Gruppen unsichtbar zu machen.

Für das Verständnis von Rassismus und seinen Wirkweisen ist das Einbeziehen der Dimensionen Gender, Sexualität, Race, körperliche und geistige Fähigkeiten, Klasse u. v. m. unerlässlich (mehr unter Intersektionalität).

Um auf die Verschränkungen rassismuskritischer Kämpfe hinzuweisen, ist es uns wichtig, in unserem Alphabet queer als Begriff mit aufzunehmen. Widerstandsbewegungen – auch im Kontext von Rassismus – wurden maßgeblich von Menschen aus den LGBTQIA+-Communitys mitgeprägt. Gleichzeitig werden gerade die Stimmen und Kämpfe dieser Menschen oft mundtot und unsichtbar gemacht. Dabei erleben sie oft den größten Ausschluss und die größte Diskriminierung. Auch innerhalb von BIPoC-Communitys.

Schwarze trans Frauen wie zum Beispiel Marsha P. Johnson waren eine der wichtigsten Aktivist*innen im Kampf für LGBTQIA+-Rechte. Die Aktivistin und Autorin Audre Lorde sagte: Sie sei nicht frei, solange eine andere Frau unfrei sei, auch wenn deren Fesseln ganz anders seien als ihre eigenen. In diesem Sinne ist das Ziel immer freie Rechte und das Beenden von Diskriminierung für alle.

Platz für deine Gedanken

R

RACE-BASED TRAUMATIC STRESS

Race-Based Traumatic Stress – (oder Racial Trauma) beschreibt mentale und emotionale Verletzungen, die durch die Summe rassistischer Mikro- und Makroaggressionen im Alltag, Hassverbrechen u. v. m. verursacht werden.

„Racial Traumatic Stress" kann aus einer direkten rassistischen Erfahrung resultieren, über mehrere Generationen hinweg übertragen werden und/oder durch das Miterleben rassistischer Vorfälle (auch z. B. über Videos) entstehen. Achtung! Diesem Verletzungsrisiko sind Menschen ausgesetzt, die von Rassismus betroffen sind.

Auf unterschiedliche Weise können sich die Verletzungen zeigen, dabei lassen sich Parallelen zu posttraumatischen Belastungsstörungen (PTBS) ziehen. Die Rate von PTBS bei BIPoC ist im Vergleich zu *weißen* Menschen um ein Vielfaches erhöht. Dies ist zum Großteil auf rassistische Erfahrungen/Strukturen zurückzuführen. [6, 7, 8]

[6] http://perpus.univpancasila.ac.id/repository/EBUPT180119.pdf#page=475 (*abgerufen* 5.1.2022)
[7] https://www.medicalnewstoday.com/articles/racial-trauma#what-it-is (5.1.2022)
[8] https://www.psychiatrictimes.com/view/race-based-traumatic-stress (5.1.2022)

Die rassismuskritische Wissenschaft weiß schon lange, dass das tägliche Erleben von Rassismus – im Kleinen und im Großen – schlimme Auswirkungen auf die mentale oder auch die körperliche Gesundheit von Menschen haben kann. Stell dir vor, du wirst jeden Tag mehrmals von Nadeln gestochen. Mal nicht so stark, dann wieder ganz stark, sodass es blutet, mal sogar richtig tief, dass es eine Narbe hinterlässt. Immer aus dem Nichts heraus, täglich. Kannst du dir vorstellen, wie belastend das sein muss? Die Angst davor? Der Schreck, wenn es passiert? Das Gefühl der Ohnmacht, weil du weißt, dass es immer und immer wieder passieren wird?

Der Vergleich hinkt natürlich. Aber Racial Trauma kann das Leben von Menschen, die von Rassismus betroffen sind, nachhaltig beeinflussen. Es kann nicht nur Auswirkungen auf die Gesundheit haben, sondern auch auf Beziehungen, das eigene Sicherheitsgefühl, die Konzentrationsfähigkeit in der Arbeit, der Uni oder der Schule. Denn wie soll man entspannt lernen, wenn man täglich mit Nadelstichen rechnen muss, die manchmal sogar von Lehrpersonen ausgehen? Hinzu kommt, dass psychologische Fachkräfte in Deutschland die Symptome von Race-Based Traumatic Stress oftmals nicht richtig erkennen, da sie die Auswirkungen von rassistischer Diskriminierung nicht verstehen.

Fazit: Wir alle müssen verstehen lernen, wie rassistische Sozialisierung in unserem Leben und unserer Gesellschaft wirkt. Wir tun dies allerdings mit verschiedenen Erfahrungen und aus unterschiedlichen gesellschaftlichen Positionen heraus, je nachdem, ob wir *weiß* oder BIPoC sind.

Platz für deine Gedanken

STRUKTURELLER RASSISMUS

Struktureller Rassismus – beschreibt, wie Rassismus in unseren gesellschaftlichen Strukturen verankert ist. Diese Strukturen sind aus historischen und gesellschaftlichen Machtverhältnissen erwachsen und äußern sich u.a. durch die ungleiche Ressourcenverteilung sozialer, politischer, ökonomischer und kultureller Mittel. Bewusst sowie unbewusst nehmen die Strukturen Einfluss auf Individuen und Institutionen. Institutioneller Rassismus betrachtet Rassismus nicht als individuelles Fehlverhalten, sondern nimmt rassistische Normen und Praktiken öffentlicher und privater Institutionen (Schule, Universität, Unternehmen, Behörden ...) genauer in den Blick.

„Strukturell" bedeutet zum Beispiel, wenn BIPoC auf dem Arbeitsmarkt oder auf dem Wohnungsmarkt rassistisch diskriminiert werden. Auch im Bildungsbereich erleben BIPoC rassistischen Ausschluss. Sie erhalten seltener eine Gymnasialempfehlung im Vergleich zu *weißen* Kindern. Sie werden in Klassenarbeiten und Zeugnissen von Lehrpersonen strenger bewertet.[9] Dabei richtet man beim strukturellen Rassismus den Blick nicht so sehr auf das Individuum, sondern auf das ganze System, die Struktur. Der Fokus liegt also nicht auf der Einzelperson, die rassistisch agiert hat, sondern es geht darum, dass die Schieflage in der gesamten Struktur präsent ist.

Diese Betrachtung ist hilfreich. Warum? Stell dir vor, wir haben eine Gruppe und ich zeige auf eine Person und sage: „So, du, Thomas, bist Rassist." Dann sind alle anderen erleichtert und müssen nicht mehr zuhören. Und Thomas geht wahrscheinlich sehr in die Abwehr. Wenn ich aber reinkomme und sage: „Ihr Lieben, ich habe schlechte Nachrichten. Wir alle sind rassistisch sozialisiert worden. Denn Rassismus steckt seit vielen Jahrhunderten in allen Strukturen und Systemen unserer Gesellschaft", dann ist das traurig. Aber es wird auch klar, dass es nicht um das „böse Individuum" geht, sondern darum, Rassismus als System zu verstehen und dann dagegen anzugehen. Und nein, du allein kannst die Strukturen nicht ändern. Aber jede Struktur besteht aus Individuen, die diese Struktur aufrechterhalten. Daher ist jeder Einzelne gefragt, sich auf die rassismuskritische Reise zu begeben.

[9] https://www.news4teachers.de/2017/07/forscher-finden-hinweise-auf-systematische-benachteiligungsprozesse-von-migranten-im-deutschen-bildungssystem/ *(abgerufen 4.1.22)*

Platz für deine Gedanken

TIPP

Buchtipp: Natasha Kelly *Strukturelle Probleme brauchen strukturelle Lösungen!*

T

TOKENISM

Tokenism – ein Begriff, der von Rosabeth Moss Kanter, einer US-amerikanischen Soziologin, in den 1970er-Jahren geprägt wurde. „Tokenism" beschreibt eine Praxis, in der wenige Personen aus marginalisierten Gruppen als sogenannte *token* – zu Deutsch: „Souvenir, Spielstein, Zeichen" – eingesetzt werden, um den Schein einer vielfältigen Organisation, eines Unternehmens etc. zu erzeugen.

Ursprünglich bezog sich Kanters Untersuchung auf cis Frauen, die als Token in cis-männlich dominierten Bereichen arbeiteten. Die Praxis des Tokenism lässt sich auf unterschiedliche und vielfach marginalisierte Gruppen übertragen.

Tokenism dient dazu, mangelnde Vielfalt durch Symbolpolitik zu verschleiern, sich vor Kritik von außen zu schützen, und vor allem, den Status quo von Macht- und Strukturverhältnissen aufrechtzuerhalten.

Tokenism ist immer dann ein Thema, wenn BIPoC vorgeschoben werden, damit *weiße* Institutionen sich „vielfältiger" zeigen können, als sie es wirklich sind. Beispielsweise dann, wenn auf Werbebroschüren von Unis oder Schulen Schwarze Kinder oder Lehrpersonen abgedruckt sind, obwohl es an der Schule eigentlich gar nicht viele Schwarze Kinder oder auch nur eine Schwarze Lehrperson gibt. Und die Schule damit so tun möchte, als sei sie liberal, weltoffen und „bunt". Gleichzeitig wird in der Schule Rassismus aber nicht thematisiert und rassistische Vorfälle unter den Teppich gekehrt.

Es ist auch dann Tokenism am Werk, wenn BIPoC in Institutionen den „Erklär-Bären" zum Thema Rassismus spielen müssen, obwohl das nicht ihr Job ist und sie dafür auch nicht entlohnt werden. Und sicher kennst du das, wenn *weiße* Menschen behaupten, dass sie gar nicht rassistisch sein können, weil sie Schwarze Freund*innen, Schwarze Partner*innen oder ein Schwarzes Kind haben? Jep, auch hier: Tokenism.

Wichtig ist, vorsichtig damit zu sein, BIPoC als Token zu bezeichnen. Denn: Die einzige BIPoC in einem *weißen* Raum zu sein, ist immer schwer und verlangt Menschen viel ab. Die Verantwortung, nachhaltige strukturelle Veränderungen anzustoßen, kann nicht auf einzelne Personen abgewälzt werden. Deshalb ist die Institution in der Verantwortung, ihre Barrieren abzubauen, damit mehr BIPoC Zugang bekommen.

Was du tun kannst:
Instrumentalisiere BIPoC nicht, schmücke dich nicht mit ihnen, um zu zeigen, wie „cool“, wie antirassistisch du bist. Sei ehrlich und arbeite wirklich an dir und deiner rassismuskritischen Reise.

UMWELTRASSISMUS

Umweltrassismus – (im Engl. *environmental racism)* wurde als Begriff von Benjamin Chavis, einem afroamerikanischen Bürgerrechtler, in den 1980er-Jahren geprägt. Das Phänomen des „Umweltrassismus" beschrieb ursprünglich die unverhältnismäßigen Gefahren in den USA, denen Communitys mit überwiegend Schwarzen Menschen, indigenen Menschen und People of Color durch Mülldeponien, Giftmüllanlagen und weitere Quellen ökologischer Verschmutzungen ausgesetzt waren. Laut einer Untersuchung afroamerikanischer Bürgerrechtler*innen waren Viertel, die mehrheitlich von *weißen* Menschen bewohnt waren, einem deutlich geringeren Risiko ausgesetzt. Die Ursachen sind politischer, ökonomischer und letztlich rassistischer Natur.

International betrachtet sind Länder des Globalen Nordens für mehr als zwei Drittel der historischen Treibhausgasemissionen verantwortlich, Länder des Globalen Südens sind allerdings zwei- bis dreimal betroffener von Klimawandelfolgen.[10] Die Klimakrise wird nicht von allen Menschen und Ländern gleich verursacht, allerdings sind Länder des Globalen Südens überproportional negativ davon betroffen.

[10] https://taz.de/Kolonialismus-und-Klimakrise/!5638661/ *(abgerufen* 5.1.2022)

Weltweit spüren wir alle die Auswirkungen des Klimawandels. Klar ist, dass die Menschen im Globalen Süden am stärksten davon betroffen sind. Rodungen, Dürren, Überschwemmungen, Sturmfluten, der Anstieg des Meeresspiegels und so vieles mehr machen viele Lebensräume immer unbewohnbarer. Auch das hat mit dem Großprojekt Rassismus und dessen Folgen zu tun, denn sowohl die Industrialisierung als auch die heutigen kapitalistischen Verhältnisse sind eine klare Folge der Maafa, des Kolonialismus und Rassismus. Giftmüllanlagen, Chemiefabriken und Kernkraftwerke stehen oft in Gebieten, in denen Menschen leben, die bereits marginalisiert werden – also diskriminiert und unterdrückt. Die Anlagen beeinträchtigen die Lebensqualität der Gemeinschaften, verseuchen das lokale Trinkwasser.

Auch die Modeindustrie fördert Umweltrassismus. Fast Fashion wird unter großen Umwelt- und Gesundheitsrisiken produziert. Die Produktionsstätten liegen auch wieder oft im Globalen Süden.[11] Die Menschen arbeiten unter schlechten Bedingungen und in einer gesundheitsschädigenden Umgebung.

BIPoC kämpfen schon seit Langem gegen Umweltrassismus. Viel zu oft wird der Kampf gegen den Klimawandel aber nur rein *weiß* gedacht. Es ist wichtig, dass es neben Greta Thunberg auch viele Aktivist*innen of Color gibt. Zum Beispiel Autumn Peltier, Quannah Chasinghorse, Sonia Guajajara oder Hindou Oumarou Ibrahim.[12]

[11] https://fashionchangers.de/warum-sich-die-modebranche-mit-umweltrassismus-auseinandersetzen-sollte/ *(abgerufen 5.1.2022)*
[12] https://greenisthenewblack.com/indigenous-climate-activists/ *(abgerufen 5.1.2022)*

Was du tun kannst:
Findest du noch mehr BIPoC-Umweltaktivist*innen? Was kannst du über ihre Kämpfe herausfinden?

VORURTEILE

Vorurteile – sind Einstellungen gegenüber Gruppen und Menschen, die diesen Gruppen angehörig sind oder auch zugeordnet werden. Diese Einstellungen beruhen oft nicht auf Erfahrungen, sondern werden übernommen. In Kombination mit gesellschaftlicher Macht werden Vorurteile auch hergestellt. Und sind dann quasi falsche oder verzerrte Erzählungen über eine bestimmte Gruppe.

Lang überlieferte Vorurteile können Menschen und Systeme nachhaltig prägen. In Verbindung mit Macht und Deutungshoheit nehmen sie Einfluss auf Zugänge zu Bildung, Arbeit, Wohnungen und viele weitere Bereiche. Dies führt zu Bevorzugung oder massiver Benachteiligung. Negative Vorurteile können dann dazu führen, dass die ganze Gruppe in die Verantwortung gezogen wird. Auch „gut gemeinte“ Vorurteile können Menschen einschränken, da sie immer nur Teilaspekte beleuchten und Menschen darauf festlegen.

Im Kontext von Rassismus wirken Vorurteile oft als Othering, indem Weißsein als Norm dargestellt wird und BIPoC als Abweichung. Diese „Abweichungen“ werden durch Sprache und Bilder immer wieder zementiert.

Vorurteile begleiten uns in unserem alltäglichen Leben. Sie sind Übergeneralisierungen unseres Gehirns. Ein Trick, den es nutzt, um bei der Informationsverarbeitung Energie zu sparen und mehr Kapazitäten für andere Denkvorgänge zu schaffen. Wir verallgemeinern und ziehen gleichzeitig Rückschlüsse auf einzelne Personen einer Gruppe. Das kann fatale Folgen haben, denn es führt immer dazu, dass wir pauschalisieren und dabei die Einzelperson nicht wirklich wahrnehmen.

Keiner von uns ist frei von Vorurteilen. Wir alle haben sie, weil wir täglich mit Bildern und Erzählungen über bestimmte Gruppen konfrontiert werden. In der Werbung, in Filmen und Serien, in Magazinen. Ein erster Schritt ist, anzuerkennen, dass wir alle Vorurteile haben. Als Zweites müssen wir lernen, sie wahrzunehmen, und uns klarzumachen, dass es tatsächlich VORurteile sind. Es ist an uns, jede Situation zu prüfen und uns selbst einen Eindruck zu machen. Vor allem, wenn es um rassistische oder anderweitig diskriminierende Vorurteile geht, ist es wichtig, dagegen anzukämpfen. Denn diese Vorurteile werden auch dazu benutzt, um Ausgrenzung oder schlechte Behandlung zu rechtfertigen.

Beobachte dich einmal die nächste Woche selbst. In welchen Situationen kommen Vorurteile bei dir hoch? Welche? Bei wem? Es geht nicht darum, dich dafür zu verurteilen, sondern darum, sie wahrzunehmen. Das ist der erste Schritt.

WHITE GAZE

White Gaze – (im Dt. „der weiße Blick“) beschreibt eine verinnerlichte *weiße* ethnozentrische Perspektive. Demnach wird Weißsein und „*weiße* Kultur“ als normgebend betrachtet.

Toni Morrison veranschaulicht „White Gaze“ am Beispiel von Literatur: Die Hautfarbe *weißer* Protagonist*innen wird oftmals nicht benannt, die von BIPoC-Charakteren hingegen schon. Die *weiße* Perspektive sieht sich selbst als objektive maßgebende Norm, die beobachtet, kategorisiert und benennt. Selbst aber kann sie individuell und unbenannt bleiben.

So wirkt White Gaze auch als Korrektiv, welches BIPoC einordnet und andert. Für BIPoC kann das zum *Impostor Syndrome* führen – dem Gefühl, nicht in bestimmte Räume zu gehören bzw. Anpassungsstrategien zu entwickeln, wie *code-switching* (das Ändern der Sprache und Gestik in *weiß* dominierten Kontexten).

Stell dir eine Bühne vor und einen Scheinwerfer, der auf die Bühne gerichtet ist. Der Scheinwerfer ist der White Gaze – der *weiße* Blick. An diesem Blick wird alles gemessen. Das begann damit, dass *weiße* Eroberer auswanderten und behaupteten, sie hätten Orte und Menschen entdeckt, auch wenn diese Orte seit Langem bewohnt waren. Sie eroberten und beobachteten und ordneten ein. Das hat dazu geführt, dass Weißsein bis heute oft nicht benannt wird, sondern als „normal", „neutral" oder „objektiv" bezeichnet wird.

In der Schule, Ausbildung oder Universität lernen wir Ereignisse, Menschen und Orte aus einer *weißen* Perspektive heraus kennen. Daher ist es wichtig, sich auch möglichst viele andere Perspektiven anzueignen. Bücher und Filme zu schauen, die nicht nur über BIPoC sind, sondern die auch von BIPoC geschrieben wurden.

Wir leben in einer Welt und einer Gesellschaft, in der der White Gaze omnipräsent und überall wirkmächtig ist. Im Theater, im Film, in der Literatur. Das hat Auswirkungen auf BIPoC. Das Gefühl, unter einem verzerrten, stereotypisierenden, exotisierenden oder dämonisierenden Scheinwerfer aufzuwachsen. Für BIPoC ist daher die Frage wichtig: Wer bin ich wirklich, jenseits des *weißen* Blickes?

Was du tun kannst:
Lies mehr Bücher von BIPoC. Achte dabei auch darauf, dass du unterschiedliche Perspektiven kennenlernst. Die von Menschen der LGBTQIA+-Communitys, BIPoC mit Behinderung, Schwarzen dark-skinned Menschen usw.

XENOPHOBIE

Xenophobie – (aus dem Griech., „Angst vor dem Fremden") wird im politischen Kontext häufig mit „Fremdenfeindlichkeit", einer ablehnenden Haltung gegen „fremde" Menschen, übersetzt. Als fremd werden demnach Menschen markiert, die aufgrund ihres Aussehens und/oder ihrer vermeintlichen Religionszugehörigkeit oder anderen Merkmalen nicht zur Dominanzgesellschaft – also zum Standard oder der Norm – zählen. Dabei spielt die Staatsbürger*innenschaft, die eigentliche Religion, Herkunft oder die Identifikation der betroffenen Person keine Rolle.

Fremdenfeindlichkeit wird in der deutschen Berichterstattung zu häufig gleichgesetzt mit rechtsextremistischen und rassistischen Gewalttaten. Durch die Verwendung des Begriffes wird Othering betrieben und Struktur wie auch Systematik solcher Taten verkannt. Es geht um mehr als um die „Angst vor Fremden", stattdessen geht es um die tief verwurzelte Vorstellung von über- und untergeordneten Menschen.

Der Begriff „fremdenfeindlich“ beschreibt eine Feindlichkeit gegenüber Menschen, die in diesem Moment an einem Ort angekommen sind. Das ist aber irreführend. Denn wenn sich diese Feindlichkeit explizit gegen nicht-*weiße* Menschen richtet, ist es Rassismus. Und zwar egal, ob diese Menschen ihren Lebensmittelpunkt hier haben oder nicht. Vor allem, weil es dann oft unerheblich scheint, ob diese Menschen einen deutschen Pass haben, hier arbeiten und Steuern zahlen, hier zur Schule gehen oder nicht. Und unabhängig davon, ob sie sich selbst als fremd – nicht zugehörig – oder sich hier heimisch und zu Hause fühlen.

Wichtig ist, dass es auch eine Verantwortung der Menschen gibt, die sich selbst als nicht fremd und dazugehörig fühlen. Wie sehr heißen sie Menschen willkommen? Wie unterstützen sie Menschen, die wirklich neu dazukommen? Wie gestalten sie die Hürden und Barrieren, die es Menschen schwerer macht, anzukommen und sich ebenfalls zu Hause zu fühlen?

Unreflektiert von „Fremden“ zu sprechen, verhindert immer wieder aufs Neue, dass Menschen Teil einer Gemeinschaft werden können. Denn: Wer bestimmt, ob jemand fremd ist? Und wie lange muss jemand an einem Ort sein, um nicht mehr fremd zu sein? In Deutschland wird man als nicht-*weiße* Person selbst dann noch als „fremd“ wahrgenommen, wenn man bereits in der dritten oder vierten Generation hier lebt. Wie absurd!

Platz für deine Gedanken

YELLOWFACING

Yellowfacing – eine anti-asiatische und rassistische Praxis, in der ostasiatische Menschen klischeehaft und degradierend in Bereichen wie Werbung, Film, Musik, Theater u. v. m. dargestellt werden.

Frühe Beispiele des „Yellowfacings“ lassen sich bereits Mitte des 18 Jh. auf Theaterbühnen in den USA finden. Yellowfacing nahm dann Einzug in (populäre) Film- und Serienproduktionen, wie *Frühstück bei Tiffany's, Sherlock Holmes: A Game of Shadows* oder *How I met your mother.* Yellowfacing findet weiterhin statt und wird u. a. durch Whitewashing sichtbar. So z. B. werden *weiße* Menschen für Film- und Serienrollen gecastet, die ursprünglich für API/AAPI*-Personen vorgesehen waren. Im Zweifel werden ganze Handlungen auf eine *weiße* Person zugeschnitten, um sie einem *weißen* Publikum nahbar zu machen (siehe White Gaze).

In vielerlei Hinsicht ist Yellowfacing zutiefst rassistisch und problematisch. Es produziert und zementiert Stereotype ostasiatischer Menschen. Diese Stereotype reduzieren die eigentlichen Menschen und ignorieren die tatsächliche Vielfalt von Lebensrealitäten.

Anti-asiatischer Rassismus existiert auf vielen gesellschaftlichen Ebenen. Besonders aber zu Beginn der COVID-19-Pandemie gab es einen Anstieg von Hassverbrechen gegen asiatisch gelesene Menschen. Wie wirkmächtig Sprache ist, wird an den zahlreichen verbalen, physischen und terroristischen Attacken, die die API/AAPI-Communitys erleben, sichtbar. Das ist nicht nur ein Problem in den USA, sondern auch in Deutschland bittere Realität. Es ist mehr als notwendig, sich zu informieren, zu solidarisieren und sich von eigenen stereotypischen Vorstellungen zu verabschieden.

Vielen Dank an Vanessa Vu und Minh Thu Tran von dem Podcast Rice and Shine, die uns bei der Recherche zum Thema unterstützt haben und uns tolles Material gezeigt haben, u. a. die Geschichte des Yellowfacings in der *Teenvogue* und das *Missy*-Interview mit Olivia Hyunsin Kim. Im Podcast @riceandshine zeigen Vanessa und Minh vietdeutsche Perspektiven auf und sprechen über unterschiedlichste Themen. Es gibt auch eine Folge zu Yellowfacing.

Platz für deine Gedanken

ZURÜCK
ZUM ANFANG

Zurück zum Anfang – Das rassismuskritische Alphabet ist hier zu Ende, aber die rassismuskritische Reise und vor allem deine bewusste Entscheidung, ein Ally zu sein, beginnt täglich von vorn. Jeden Morgen stehst du vor der Wahl: „Schaue ich hin? Trete ich als Verbündete*r gegen ein rassistisches System auf? Lerne ich weiter? Oder verweile ich heute doch lieber in good old Happyland?" Wenn du *weiß* bist, hast du diese Wahl, aber eben auch eine Verantwortung.

Reminder: Das rassismuskritische Alphabet hat mit A für Ally begonnen: „Eine Person, die sich aktiv und kontinuierlich gegen ein diskriminierendes System einsetzt, von welchem sie selbst privilegiert und daher nicht negativ betroffen ist."

Hier endet das rassismuskritische Alphabet. Und weil wir es nicht oft genug sagen können: Eine ernsthafte rassismuskritische Auseinandersetzung ist immer mit aktiven Entscheidungen und stetigem Lernen verknüpft. Wir enden hier mit der Hoffnung, dass wir dir auf diesem Weg ein bisschen Proviant mitgeben konnten. *Ein rassismuskritisches Alphabet* ist eine von vielen Möglichkeiten, die dich auf deiner rassismuskritischen Reise begleiten kann. Damit kann und sollte die Reise nicht enden.

Platz für deine Gedanken

TERMINOLOGIE

API/AAPI – aus dem Engl., *Asian Pacific Islanders/Asian American Pacific Islanders,* eine aus den USA stammende Terminologie, die Menschen mit ost- und südostasiatischer Herkunft beschreibt

Adultifikation – abgeleitet aus dem Engl., *adultification bias* (engl. *adult* = „erwachsen", engl. *bias* = „Vorurteil"), nach dem BIPOC-Kindern ihr Kindsein abgesprochen wird, sie älter geschätzt und als weniger unschuldig wahrgenommen werden

Black Lives Matter – eine internationale Bewegung, die innerhalb der afroamerikanischen Gemeinschaft in den USA entstanden ist und die sich gegen Gewalt gegen Schwarze einsetzt

Cis – kurz für **cisgender,** aus lat. *cis,* „diesseits", und engl. *gender,* „soziales Geschlecht", bezeichnet Personen, deren Geschlechtsidentität mit dem in der Geburtsurkunde eingetragenen Geschlecht „männlich" oder „weiblich" übereinstimmt

Empowerment – dt. „Selbstbefähigung, Ermächtigung, Übertragung von Verantwortung", bedeutet in diesem Kontext sowohl einen Prozess der Selbstbemächtigung als auch die Wahrnehmung eigener Ressourcen und Gestaltungsspielräume

Fast Fashion – aus dem Engl., wörtlich „schnelle Mode", ist ein Geschäftsmodell in der Bekleidungsindustrie, bei dem eine hohe Zahl von Kollektionen pro Jahr zu niedrigen Preisen produziert und verkauft werden, damit der Kunde häufiger neue Kleidung kauft. Die Fast Fashion hat problematische ökologische, soziale und ökonomische Auswirkungen.

Featurism – von engl. *features* – „Gesichtszüge". Wenn Diskriminierung anhand von Gesichtszügen geschieht. Bestimmte Gesichtszüge werden als näher am vermeintlich *weißen* Standard wahrgenommen, andere weiter weg.

Gender – soziales Geschlecht

Heteronormativ – eine Weltanschauung, bei der Heterosexualität als soziale Norm angesehen wird

LGBTQIA+ – Abkürzung für engl. *Lesbian, Gay, Bisexual, Transgender, Queer* sowie „I" für „intergeschlechtliche Personen" und „A" für asexuelle und agender Personen

Maafa – aus der Swahili-Sprache, wörtlich „großes Unglück", die Geschichte der Gräueltaten, die afrikanischen Menschen von nicht-afrikanischen Menschen zugefügt wurden (u. a. der Sklavenhandel), und ihren bis heute anhaltenden Auswirkungen

Mikroaggressionen – Äußerungen mit bewusst oder unbewusst abwertenden Botschaften, bezogen auf die (vermeintliche) Gruppenzugehörigkeit der Adressaten

Makroaggressionen – bewusst und offen ausgetragene Aggressionen inklusive körperlicher Gewalt

Misogynie – von altgr. *mysos* „Hass" und *gyne* „Frau", Frauenfeindlichkeit

Posttraumatischen Belastungsstörungen (PTBS) – psychische Erkrankung, die als Folge von einem oder mehreren traumatischen, belastenden Ereignissen auftritt

Rassifizierung – wenn anhand von Merkmalen wie Aussehen, Sprache oder Religion „Rassen" konstruiert und diesen spezifische Eigenschaften oder Verhaltensweisen zugeordnet werden

Stonewall-Proteste – gewalttätige Auseinandersetzungen zwischen Polizeibeamten und Homo- und Transsexuellen 1969 in New York; ein Wendepunkt im Kampf um Gleichberechtigung und Anerkennung der LGBT-Community

PERSONENREGISTER

Michelle Alexander – (* 7. Oktober 1967), afroamerikanische Juristin, Bürgerrechtlerin und Hochschullehrerin und Autorin des Bestsellers *The New Jim Crow,* die sich mit Rassismus im US-amerikanischen Justizsystem und im Alltag befasst

Moya Bailey – afroamerikanische Feministin, Wissenschaftlerin, Autorin, Aktivistin und Professorin, Erschafferin des Begriffs **Mysogynoir**

Aminata Belli – (* 26. März 1992), Schwarze deutsche Fernsehmoderatorin, Reporterin, Influencerin und Mitbegründerin der Kölner Initiative *N-Wort Stoppen*

Dr. Benjamin Chavis – (* 22. Januar 1948), afroamerikanischer Bürgerrechtler, der in seinen Zwanzigern als Assistent von Martin Luther King arbeitete und der den Begriff des **Umweltrassismus** prägte

Quannah Chasinghorse – (* 7. Juni 2002), Native American Model und Umweltaktivistin

Kimberlé Williams Crenshaw – (*5. Mai 1959), afroamerikanische Bürgerrechtlerin, Anwältin und Wissenschaftlerin, die den Fachbegriff **Intersektionalität** prägte

Sonia Guajajara – (*6. März 1974) indigene brasilianische Umweltaktivistin, Menschenrechtsaktivistin, Politikerin und erste indigene Kandidatin Brasiliens für die Präsidentschaftswahl

Hindou Oumarou Ibrahim – (*1984) tschadische Bürgerrechtlerin und Umweltaktivistin, die als Vertreterin von indigenen Menschen regelmäßig an UN-Klimakonferenzen teilnimmt

Marsha P. Johnson – (*24. August 1945 – 6. Juli 1992), afroamerikanische trans* Frau, LGBTQ-Aktivistin und Gründerin der *Gay Liberation Front,* engagierte sich im Kampf gegen AIDS

Audre Lorde – (*18. Februar 1934 – 17. November 1992), afroamerikanische Dichterin, Feministin und Bürgerrechtlerin, die ihr Leben dem Kampf von Rassismus, Sexismus, Klassismus und Homophobie widmete

Rosabeth Moss Kanter – (*15. März 1943), US-amerikanische Soziologin und Professorin für Betriebswirtschaftslehre an der Harvard Business School

Toni Morrison – (*18. Februar 1931 – 5. August 2019), afroamerikanische Schriftstellerin, eine der bedeutendsten Vertreterinnen der afroamerikanischen Literatur, die 1993 als erste afroamerikanische Autorin den Literaturnobelpreis erhielt

Charlotte Nzimiro – Schwarze deutsche Journalistin, Aktivistin und Influencerin, Mitbegründerin der Kölner Initiative *N-Wort Stoppen*

Rosa Parks – (*4. Februar 1913 – 24. Oktober 2005), afroamerikanische Bürgerrechtlerin, die 1955 mit ihrer Weigerung, ihren Sitzplatz im Bus einem *weißen* Fahrgast zu räumen, flächendeckende Proteste auslöste, die zum Ende der sog. **Jim-Crow-Gesetze** führte

Autumn Peltier – (*27. September 2004), Native-American-Umweltaktivistin und Aktivistin für die Rechte indigener Völker, die sich u. a. für einen bewussteren Umgang mit Wasserressourcen einsetzt; mit 13 Jahren trat Peltier als Rednerin vor den Vereinten Nationen auf

Keeanga-Yamahtta Taylor – afroamerikanische Autorin, Aktivistin und Wissenschaftlerin an der Princeton University, die u. a. für ihren Roman *Von #BlackLivesMatter zu Black Liberation* (2016) ausgezeichnet wurde

Sojourner Truth – (1797 – 26. November 1883), eine afroamerikanische Frauenrechtlerin, Abolitionistin und Wanderpredigerin, die mit ihrer berühmten Frage „Ain't I a woman?" *(Bin ich etwa keine Frau?)* die *weißen* Frauenrechtlerinnen aufforderte, sich auch für die Rechte Schwarzer Frauen einzusetzen

Minh Thu Tran – (*1993), vietdeutsche Journalistin und Podcasterin. Ihr Podcast *Rice & Shine,* den sie mit Vanessa Vu hostet, wurde 2019 für den Grimme Online Award nominiert und 2021 mit dem Civis Top Award ausgezeichnet.

Vanessa Vu – (20. November 1991), vietdeutsche Journalistin und Redakteurin bei ZEIT ONLINE. Gemeinsam mit Minh Thu Tran hostet sie den preisgekrönten Podcast *Rice & Shine.*

WEITERE BÜCHER ÜBER RASSISMUS UND ANDERE DISKRIMINIERUNGSFORMEN

Tupoka Ogette, *exit RACISM. Rassismuskritisch denken lernen* (Unrast Verlag, Münster 2019)

Tupoka Ogette, *Und jetzt du. Rassismuskritisch leben* (Penguin Verlag, München 2022)

Moya Bailey, *Misogynoir Transformed: Black Women's Digital Resistance* (New York University Press, 2021)

Yaa Gyasi, *Heimkehren* (Dumont Verlag, Köln 2017), ins Deutsche übertragen von Anette Grube

Alice Hasters, *Was weiße Menschen nicht über Rassismus hören wollen aber wissen sollten* (Carl Hanser Verlag, München 2021)

Natasha A. Kelly, *Rassismus. Strukturelle Probleme brauchen strukturelle Lösungen!* (Atrium Verlag, Zürich 2021)

Evein Obulor & RosaMag (Hrsg.), *Schwarz wird großgeschrieben,* (&Töchter Verlag, München 2021)

Hadija Haruna-Oelker, *Die Schönheit der Differenz: Miteinander anders denken* (btb Verlag, München 2022)

Emilia Roig, *Why We Matter: Das Ende der Unterdrückung* (Aufbau Verlag, Berlin 2021)

Margarete Stokowski, *Untenrum frei* (Rowohlt Verlag, Reinbek 2018)

Keeanga-Yamahtta Taylor, *Von #BlackLives Matter zu Black Liberation* (Unrast Verlag, Münster 2017), ins Deutsche übertragen von Gabriel Kuhn

Aminata Touré, *Wir können mehr sein: Die Macht der Vielfalt* (Kiepenheuer & Witsch, Köln 2021)

PODCASTS

Tupodcast
Rice and Shine

SCHREIBWETTBEWERB

https://colorismhealing.com/colorism-healing-writing-contest/

YOUTUBE

Dr. Sarah L. Webb: *How Can We Heal from the Shades of Colorism?* (TEDxTalks)

Dwandalyn Reece: *The Origins of Blackface and Black Stereotypes* (TED)

MTV Decoded: *Light-Skinned Privilege* (MTV Impact)

WEBLINKS / QUELLEN

https://www.businessinsider.com/words-on-race-gender-and-diversity-you-should-know-2020-7?r=DE&IR=T

https://www.racialequitytools.org/glossary#model-minority

https://sacred.omeka.net/glossary

https://guides.library.georgetown.edu/antiracism/glossary

https://www.theantiracisteducator.com/glossary

https://www.ontario.ca/document/data-standards-identification-and-monitoring-systemic-racism/glossary

https://engage.gov.bc.ca/addressingracism/glossary/

https://www.gold.ac.uk/racial-justice/glossary/

https://www.nationofmakers.us/race-equity-tools-glossary

https://www.racismnoway.com.au/about-racism/understanding-racism/glossary/

https://www.racialhealthequity.org/glossary

https://static1.squarespace.com/static/511bd4e0e4b0cecdc77b114b/t/5bf1d539352f533b08cab898/1542575420185/cared-glossary-june2018.pdf

https://mneep.org/word/

https://guides.umd.umich.edu/c.php?g=1045713

https://rosa-mag.de/rosapedia-was-ist-ein-ally/

https://missy-magazine.de/blog/2019/06/20/hae-was-heisst-colorism/
https://link.springer.com/article/10.1007/s41996-020-00054-1

https://www.theguardian.com/world/2011/oct/04/racism-skin-colour-shades-prejudice

https://www.bpb.de/apuz/antirassismus-2020/316756/mueckenstiche-mit-system-zum-umgang-mit-alltagsrassismus#footnode9-9

https://www.naacpldf.org/ldf-celebrates-60th-anniversary-brown-v-board-education/significance-doll-test/

https://cssp.org/wp-content/uploads/2019/09/Key-Equity-Terms-and-Concepts-vol1.pdf

http://marypendergreene.com/wp-content/uploads/2020/01/A-glossary-of-Antiracist-terms-MPG.pdf

https://www.nssmag.com/en/pills/22654/anti-racism-glossary

https://www.adl.org/education/resources/glossary-terms/education-glossary-terms

https://www.elitedaily.com/p/a-glossary-of-anti-racism-terms-all-activists-allies-should-know-23625473

https://www.teenvogue.com/story/colonialism-explained

https://www.nationalgeographic.com/culture/article/colonialism

https://www.law.georgetown.edu/news/research-confirms-that-black-girls-feel-the-sting-of-adultification-bias-identified-in-earlier-georgetown-law-study/

https://verfassungsblog.de/wieso-das-n-wort-nie-die-richtige-bezeichnung-fuer-schwarze-menschen-ist/

https://www.bpb.de/themen/migration-integration/afrikanische-diaspora/59448/das-n-wort/

http://perpus.univpancasila.ac.id/repository/EBUPT180119.pdf#page=475

https://www.medicalnewstoday.com/articles/racial-trauma#what-it-is

https://www.psychiatrictimes.com/view/race-based-traumatic-stress

https://www.news4teachers.de/2017/07/forscher-finden-hinweise-auf-systematische-benachteiligungsprozesse-von-migranten-im-deutschen-bildungssystem/

https://taz.de/Kolonialismus-und-Klimakrise/!5638661/

https://fashionchangers.de/warum-sich-die-modebranche-mit-umweltrassismus-auseinandersetzen-sollte/

https://greenisthenewblack.com/indigenous-climate-activists/

https://www.watson.de/deutschland/interview/852442030-karneval-diese-2-podcasterinnen-kritisieren-den-ditfurter-chinesenfasching

https://riceandshine-podcast.de/2019/03/16/yellowfacing/amp/

https://missy-magazine.de/blog/2018/04/25/deutschland-muss-aufwachen/

https://www.br.de/mediathek/video/videoblog-dahoam-in-bayern-folge-20-chinesenfasching-av:5a3c3d5edd95b200180bbe02

https://www.vice.com/de/article/eveqjk/chinesenfasching-in-bayern-was-ich-in-dietfurt-ueber-rassismus-gelernt-habe

https://www.teenvogue.com/story/yellowface-whitewashing-history

(Sämtliche Quellen abgerufen am 3. Mai 2022)

„Haben wir jemals gefragt, wann es zu früh ist, mit einem Kind über Freundlichkeit, Liebe oder Respekt zu sprechen? Nein. Wir lesen Kindern Bücher über Liebe vor, wenn sie aus dem Mutterleib kommen, weil wir wollen, dass sie lieben! Das ist es, was wir wollen. Wir sollten dasselbe tun, wenn es darum geht, antirassistisch zu sein!"

Ibrahim X. Kendi

DANKE

Mein größter Dank geht an Mariam Touré, die die Originalserie auf Instagram mit mir gemeinsam entwickelt hat. Danke für deine tollen Ideen, deine Unterstützung und Recherche. Danke, dass es dich gibt. Danke an KRAUT & KONFETTI für die illustrative Umsetzung. Danke an Birte Hecker für das Lektorat.

Danke an all die jungen Menschen da draußen, die Ungerechtigkeiten benennen (lernen) und für eine gerechtere und inklusivere Welt für uns alle kämpfen. Danke an alle Lehrpersonen, Pädagog*innen, Erzieher*innen und generell Multiplikator*innen, die Rassismuskritik in Kitas und Schulen bringen.

Tupoka Ogette wurde 1980 in Leipzig als Tochter eines tansanischen Studenten der Landwirtschaft und einer deutschen Mathematikstudentin geboren. Kurz vor der Wende wanderte ihre Mutter mit ihr nach Westberlin aus, wo Ogette bis zu ihrem Abitur lebte. Sie hat einen Magister in Afrikanistik und Deutsch als Fremdsprache von der Universität Leipzig und einen Master in International Business von der Graduate School of Grenoble. Seit 2012 ist Tupoka Ogette bundesweit als Beraterin und Trainerin im Bereich Rassismuskritik tätig. In dieser Funktion leitet sie in Deutschland, Österreich und der Schweiz Workshops und Fortbildungen, tritt als Speakerin auf, berät Teams und Organisationen. Ihr im März 2017 erschienenes Handbuch *exit RACISM. Rassismuskritisch denken lernen* ist ein SPIEGEL-Bestseller. Im Jahr 2019 wurde Ogette vom Magazin Edition F als eine der 25 einflussreichsten Frauen des Jahres ausgezeichnet. SPIEGEL Online nahm sie als eine von zehn Frauen in den Bildungskanon zum Thema Theorie und Politik auf. 2021 wurde sie von About You zum *Idol of The Year* gewählt. Sie lebt mit ihrem Mann, dem Künstler und Bildhauer Stephen Lawson, und ihren Kindern in Berlin. Zuletzt erschien ihr Buch *Und jetzt du. Rassismuskritisch leben*.

Bei diesem Buch wurden die durch das verwendete Material und die Produktion entstandenen CO_2-Emissionen ausgeglichen, indem der cbj Verlag ein Projekt zur Aufforstung in Brasilien unterstützt. Weitere Informationen zu dem Projekt unter: www.ClimatePartner.com/14044-1912-1001

FSC www.fsc.org MIX Papier aus verantwortungsvollen Quellen FSC® C010328

Wir produzieren Klimaneutral ClimatePartner.com/14044-1912-1001 Druckprodukt

Penguin Random House Verlagsgruppe
FSC® N001967

1. Auflage 2022

in der Penguin Random House Verlagsgruppe GmbH,
Neumarkter Straße 28, 81673 München

Cover, Gestaltung und Illustration: KRAUT & KONFETTI GmbH & Co. KG
he · Herstellung: AJ
Druck und Bindung: Alföldi Nyomda Zrt., Debrecen
ISBN 978-3-570-16640-6
Printed in Hungary

www.cbj-verlag.de